If I were you ...

没有什么是独一无二的，除了你。

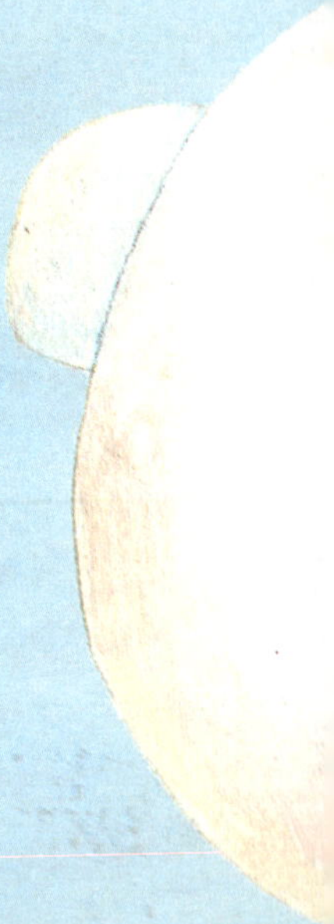

If I
were you
...

If I
were you
...

别偷看了，我也喜欢你

橘子宸 / 著

CNS PUBLISHING & MEDIA 中南出版传媒
湖南文艺出版社
HUNAN LITERATURE AND ART PUBLISHING HOUSE

图书在版编目（CIP）数据

别偷看了，我也喜欢你 / 橘子宸著. -- 长沙 : 湖南文艺出版社，2019.10
ISBN 978-7-5404-9258-8

Ⅰ. ①别… Ⅱ. ①橘… Ⅲ. ①传记小说－中国－当代
Ⅳ. ①I247.5

中国版本图书馆CIP数据核字(2019)第095682号

别偷看了，我也喜欢你

BIE TOUKAN LE, WO YE XIHUAN NI

作　　者：橘子宸
出 版 人：曾赛丰
责任编辑：刘诗哲
监　　制：邓　理
策划编辑：彭朝霞
营销编辑：易湘君
封面设计：杨　平
封面绘画：KinKi
版式设计：张娅君
出版发行：湖南文艺出版社
（长沙市雨花区东二环一段508号 邮编：410014）
网 址：www.hnwy.net
印 刷：北京盛通印刷股份有限公司
经 销：新华书店
开 本：150mm×210mm 1/32
字 数：160千字
印 张：8.5
版 次：2019年10月第1版
印 次：2019年10月第1次印刷
书 号：ISBN 978-7-5404-9258-8
定 价：38.00元

——全世界
都喜欢你，

——而你——只喜欢我。

序 先生是大可爱 /

二〇一四年的某个午后，我突发奇想地跟你说：“如果有一天，我成了一个小有名气的作家。我一定会将我们的故事写成一本书，向全世界炫耀！”

于是有了今天这本书。

也许这本书会很矫情，很幼稚，不知所云。

可那有什么关系呢？这都是我写给你的情书，是我们的过去、现在与未来。你要知道，你一直在我的记忆里，未来的蓝图里，与我所有的梦想连在一起。

而我所希望的就是，将我最好的，都留给你。

写这本书时往事扑面而来，我仿佛看到时空另一端有两个年轻人提着硕大的行李箱走过海关闸口，泪流满面却不敢回头，只能攥紧身边人的手。

进了闸口后，再也看不到爸妈，我扶着接驳车的扶手边哭边拽着你的衣服，说：“以后我只有你了。”

你回握住我的手说：“你还有我。”

那时我们正准备一起去美国留学，陌生的国度和语言让我倍感忐忑。

一转眼，我已经毕业回国，而你已经在大洋彼岸开始工作，成为社会中人。那时我怀揣着成为作家的梦想，却觉得未来的一切都遥不可及像一场梦。

一转眼，我已经出过四本书，也有机会将作品搬上荧幕。那时我忧心忡忡，不知道我们的感情能不能在异国他乡的考验中走到最后。

一转眼，今年我们就要步入婚姻的殿堂，十二年的爱情长跑终于开花结果。

所有事情都水到渠成，一切都有种尘埃落定的圆满，未必完美，但安心。

通过时空的隧道，我看着四年前对未来感到不安又充满期待的傻乎乎的自己，终于可以握着她的手说一句："你放心，我过得很好。我们还在一起。"

good的最高级是best，bad的最高级是worst，喜欢的最高级是可爱。所以，先生，你是大可爱。

时隔四年，正式出版这本书的初衷，是想作为送给先生二十六岁的生日礼物兼新婚礼物。

十三岁到二十五岁，大半人生与你一起度过，谢谢你十二年的陪伴。

目录

C o n t e n t s

Part 1　中学：暗恋篇

我不想只看到你的背影

01 >>>

开始写之前想了很久该怎么称呼他才显得既亲密又不肉麻?

“先生”这个词不得不说非常奇妙，当你将“生”字的音调读第一声的时候，语气生疏得像是商场的服务员遇见第一次见面的顾客。可当你把“生”字的音调读作第三声时，他就成了你最亲密的人。

开心的时候，这本书叫《先生是大可爱》，不开心的时候叫《先生是大猪蹄子》。

我和Z先生认识的时候，他只有十四岁，我十三岁。

Z先生有过很多外号，中学同学叫得最多的是草哥，顾名思义，他曾是我们年级的级草。

Z先生凭着小学毕业时就逼近一米八的身高霸占了此位长达六年，直到我们高中毕业。

级草这种东西是比班草高一个档次，又比校草低一个级别的存在，很是尴尬。这就是为什么很长时间里我只听过他的名字，却对不上人。

名气仅限于此，不过尔尔。

初中，我和他隔了三个班级，两个班的教室隔了一层楼。

年纪小的时候目光短浅，眼睛只盯着班上的男生看，看不到五十米以外的人，所以我们平静地度过了两年。

初三，我混上了学校记者站的站长一职。他们班有一个女生是我们站的站员，一次我去楼上通知该女生出黑板报，只是在他们班教室门口待了一会儿，一段“孽缘”就此开始了。

Z先生当时小小年纪，已经心机深沉。

他觉得我长得可爱，但他并没有直接冲上来找我要联系方式。

他只是云淡风轻地和他们班一个男生提了一句：“这个女孩挺可爱的。”

02 >>>

Z先生告诉的这个男生当然不是随便哪个没有故事的男同学，男同学有一个表妹叫瑶瑶。瑶瑶在我隔壁班，是我在数学补习班最好的朋友。

所以这句表扬的话辗转传到我耳朵里是必然的事情，只是早晚而已。

这个手段的高明之处是，当一个女孩意识到也许有人喜欢她，那这个人在她眼里就会变得有些与众不同！

即使在此之前，他们从无交集。

尤其是如果那个男生又有那么些令人喜欢的地方，这种感觉就会自然而然地越来越深。

搞笑的是，Z先生或许没想到，大家年纪小的时候都有点喜欢故弄玄虚。

当时，瑶瑶和我说的是：“55班有个男生夸你可爱哦。不过我表哥说，不能告诉你是谁。”

末了，她又神秘兮兮地加一句：“不过我可以告诉你，他是个帅哥，长得很高。”

本来这个指向性已经十分明确，但55班这个神奇的班级当时聚集了全年级最高的三个男生。而且以我们当时有限的审美水平而言，他们都长得挺帅的。

其中名气最大的当然是人称草哥的Z先生，所以我第一个排除了他。

于是，那段时间我心里怀揣着“这小子暗恋我”的心思，莫名其妙地开始和“三大金刚”里的另一个男孩崔大大熟悉起来。

我们的关系迅速发展到偶尔还会打电话说个睡前故事。

眼看我就要花落别家，Z先生这才发现势头不对，打算出手力挽狂澜。

03 >>>

有一天，Z先生从校门口翻栏杆出去改善伙食，眼尖瞟到刚从食堂走出来的我和我们共同的朋友阿苏。

Z先生终于按捺不住，但表面上仍然云淡风轻地招手将阿苏叫了过去，两人隔着栏杆说话。

虽然那时候我和Z先生并不认识，但也听过他的名字。

我站得远远地不敢直接看他，只敢在玩手指头的时候假装不经意地抬头瞟一眼他的衣角、脚踝或后脑勺。

那时候Z先生喜欢穿宽大的T恤和肥肥的裤子，有点类似于现在流行的嘻哈打扮。长长的手和长长的腿从宽松的衣物里伸出来，显得格外纤细修长。

他大约是雄性激素分泌不足，在青春期的男生们争先恐后地发育出两条“毛腿”的时候，Z先生的两条腿竟然十分干净，颇得我心。

在我的视线从他的脚指头打量到胸口的时候，阿苏笑眯眯地回来了。

她说Z找她是问我的QQ号。那姿态仿佛皇上选妃，三生有幸才翻了我的牌子。

“Z很不错，抓住机会哦。”

就在我感叹最近桃花运怎么这么旺的时候，瑶瑶惊讶地反问我：“谁说崔大大喜欢你了？我之前说夸你的那个男生就是Z啊。”

我这才犹如醍醐灌顶，反应过来，难怪偌大的校园，最近怎么走到哪都可以碰到他。当时的我将这一切归咎于玄学，俗称缘分。

所以我给Z先生取了个十分矫情的外号，方便我和朋友们讨论他的时候不被别人听出来。

这个外号叫：偶遇。

整得跟接头代号似的。

04 >>>

我对Z先生的第一印象起源于一张照片，一张放在别的女孩子床头的照片。

初二暑假一个再普通不过的午后，我和密友南瓜一起去阿苏家玩。

我在阿苏的床头柜上看到了一个玻璃制的四寸相框，照片上是一个男生逆光的侧影。

男生站在教学楼前面，穿着白衬衣，应该是在他跑起来的时候被抓拍到的，风扬起了他的衬衣衣摆。即使逆着光看不到脸，也散发着一种文艺男神的气息。

我问阿苏这是谁。

她说："Z啊，55班的，听说过吧？我在运动会那天抓拍的。帅不帅？"

我放下相框，由衷地点了点头。

那时候我也只是听说过这个名字，怎么也想不到后来会和照片里的人有这么深的羁绊。

阿苏说，运动会那天，他打篮球蹭伤了膝盖，在教学楼前碰见因为中暑想回教室休息的她。

那时，他们俩已经认识两年了，是很熟悉的朋友。

Z知道她中暑，二话不说瘸着腿跑去医务室给她买藿香正气水。而她就是在他跑开的时候，偷偷按下了快门。

也许阿苏在那一刻对他有过心动，也许没有，我从来没去求证过。我不知道她后来是以一种什么心态将我介绍给Z先生认识的。可能就像她自己说的，有些人永远只适合做朋友。

我那时候不认识Z先生，听完他们的故事只觉得好浪漫，还感叹说Z先生真是个贴心的好男生。

后来喜欢上他，才知道那种性格有多么可气。他那时候完全就是台中央空调啊！

此后多年，Z先生一直和我说他当年如果没有遇到我，应该会是一个风中浪子。

他的同班同学也一度认为他会是“万花丛中过，每朵都摘过”的传奇人物。

可惜这个立志做浪子的传奇人物，在他扬帆起航的前一刻被我一举拿下。

05 >>>

话说Z先生虽然从阿苏那里拿到了我的QQ号，但这厮手段高明到有联系方式也故意不加我，让我一天查八百次好友验证。

小小年纪，心机就如此之深。

我那时候也不知道矜持两个字怎么写。他一直没动静，我就主动去加他了。

这里还有个小插曲，我当时没好意思问阿苏，从瑶瑶那只打听到了他的QQ名，并没有确切的QQ号。

在这种情况下，我不负众望地加错了人。

千禧年初，一众痛啊爱啊的火星文网名中，他的网名显得清新脱俗，就是一个字母K。

我在为数不多的几个“K”中，加到了一个与他年龄相同的小哥哥。

神奇的是，我们语焉不详地聊了一段时间，我一直都以为他就是Z先生。

直到我献宝一般地给瑶瑶看我和K的聊天记录。她才表情严肃地告诉我，我好像加错人了。

总之，一番周折后，我加到了真正的Z先生。

原来他的网名是“   'K”，K加一撇，前面还打了一串长长的空格。

要不怎么说情人眼里出西施呢。

就这闷骚到不行的网名，我当时还觉得十分别致，并把自己的网名改成了“   'C”，并且沿用至今。

总而言之，当我看到这个QQ出现在我的好友列表里的时候，激动之情不亚于现在追星的粉丝加到自己偶像的微信。

一个和你从无交集的校园风云人物突然闯入你的生活，并表现出对你有兴趣。我想是个女孩子都能明白我当时虚荣心爆棚的心情。

我已经全然忘记，明明是他先看上我，主动找我要的联系方式。

Z先生后来告诉我，我们第一次产生交集并不像我以为的，我在他教室门口打了个转那样。

具体情况，在此先按下不表。

时间线回到我加到他QQ的那一刻，看着他的头像由灰到亮，我颤抖着手打字：Hi，我是52班的橘子。

时间过去许久，他才回了我一个“嗯”。

往后的聊天模式从那一刻开始就定下基调。

我话痨一般打出一大串字，他只回一个“嗯”字。

偶尔他说了超过五个字的一句话，我就会回一串鼓掌的表情。

Z先生：？

我：热烈庆祝Z同学这句话超过×个字。

Z先生回一个“流汗”的表情。

我其实很能理解湘琴觉得直树不喜欢她的感受。无论你怎么翻腾出花来，对方的反应都跟自动回复一样。

那时候，你会很坚定地相信，对方不喜欢你。

但即便如此，我那时候依然会为了他一个“嗯”字而开心半天。

还打心眼里觉得，他只回复一个“嗯”字都帅气爆棚。

那时候的Z先生在我眼里就是一个高冷、温柔的忧郁型男神。如果你们看过《流星花园》，可以自动代入花泽类的形象。

即使在霸道总裁文风靡不衰的今天，我也从来没有喜欢过道明寺那类型的男生。

温柔是我定义男神的第一要求。

当时，年级里的女孩子对Z先生的印象都是很高，很帅，衣品很好，会打篮球，说话很温柔，不说话的时候又很高冷。

毫不夸张地说，他满足了我少女时期对男神的所有幻想，那段时间我几乎陷入了一种痴迷的状态。

就算只听到一点关于他的信息：他喜欢王力宏，喜欢打街球，喜欢吃肯德基而不是麦当劳……诸如此类琐碎的事，我都能在心中幻想出无数个高大伟岸的形象。

其实，Z先生远没有我所想的那么完美。

暗恋的时候，我们喜欢的都是自己脑海里幻想出来的那个人吧。

06 >>>

对荷尔蒙爆棚的中学生而言，六个篮球场总是供不应求。

Z先生偶尔会去学校食堂后一个废弃的老球场打球，那个地方小且封闭，四四方方的一个球场，旁边连坐的地方都没有。谁出现在球场上都一览无遗。

我想去看他打篮球，但又不好意思光明正大地走进去。

南瓜给我出了个主意，食堂旁边有个小平房，我们可以爬到那个小平房的屋顶上去偷看，视野还开阔。

我俩像超级玛丽一样越过栏杆爬到一个平房的屋顶上，再从这个较高的平房的屋顶跳到矮平房的屋顶上，然后盘腿席地而坐喜滋滋地看起来。虽然不懂篮球规则，但是一看到投篮就啪啪鼓掌，就当图个自己乐呵。

后来我才知道，男生们打篮球的时候其实也没在意什么规则，光想着投篮姿势怎么帅气。

那时候Z先生在练习街头篮球的投篮动作，成天头上裹着个头巾，像偶像剧里的一样，投篮前要三百六十度转身，好吸引围观的女生鼓掌。

少男少女的心事，大抵相同。

犹记得那天，他们一直打到午休时间宿舍要锁门了，男生们才抱着篮球说说笑笑往寝室走。

Z先生脱下球衣擦汗，擦完就搭在肩膀上。

我当然没有那么做作地去捂脸，他又看不见我。我就红着脸直愣愣地盯着他剧烈运动后而起伏不定的胸膛，还有平坦小腹上隐隐的肌肉线条。

粉丝滤镜下，他的每一滴汗都显得很可爱。

他的胸上有一颗痣。很多年后，他扬扬得意地向我介绍说这叫“胸有大痣”。我朝他翻了个白眼。

话说回来，当时他经过平房的时候，我就坐在他头顶上方的位置，以上帝视角看着微风吹过Z先生汗湿的头发，我在想他脑袋顶上怎么只有一个旋，果然长得帅的都不太聪明啊。

还在胡思乱想之际，我旁边的人影倏地消失不见了。

再一转眼，南瓜已经跳下去了，仰头望着我："人都走光了。咱们也快点回去，老师要查寝了。"

我抬眼望望刚刚来时走的平房的屋顶，又望望她："你怎么下去的？"

"直接跳啊！"南瓜伸长双臂鼓励我跳。

因为自己长得矮，我从小就对跳有心理障碍，这平房少说也有三四米高，没台阶踩一下可怎么下去？

寝室锁门的口哨声响起，南瓜焦急地催促我快跳。对查寝记过的恐惧让我眼一闭直接跳了下去。

果然寓言故事都不是骗人的，那个伸手让儿子安心跳的爸爸在最后一刻都会收回手让你明白生活的残酷。

我"啪叽"一声摔在了水泥地上，脸先着地，以青蛙的姿势。

南瓜本来还在狂笑，当我抬起头的时候，她就笑不出来了。

我的右脸蹭破了两块皮，渗出了血丝。

俗称破相。

我看不到自己的脸，只觉得脸上火辣辣地痛："怎么了？"

南瓜的声音有点颤抖："我们去医务室吧。"

上药的时候医生一直在旁边念叨，这么小的女孩子把脸摔坏了可怎么办啊?

本来就被药水蛰得很疼的我，听到这话更加哇哇大哭起来。

我脸上擦着药水，又因为天热怕发炎而没有贴纱布。

那个年纪爱漂亮，总想用个什么法子遮挡一下。于是我发短信问Z先生有没有创可贴。

当晚第一节晚自习下课后，Z先生突然从楼上下来，手里拿着一盒创可贴，卡通的，很可爱。我还记得盒子上面有两只黑白色的小猪。

那个创可贴的盒子，我现在都还留着。尽管我后来知道这是他从另一个喜欢他的女同学那里讨来的。

破相的疼痛我已经记不清了，真正让我记忆深刻的是，在我摔到脸之后，年级里流传出一种谣言，说我跳楼来博取Z先生的关注。

这么狗血的剧情他们都能编得出来。

足以可见当年偶像剧对九零后的荼毒。

07 >>>

就跟上赶着要一起受伤似的，我摔到脸后没过多久，Z先生就把头撞破了。

Z先生撞破头那天是周末，我正窝在沙发上开心地看电视。老妈在卧室午休，我听到她包里隐隐传出一声短信提示音。

那时候我还没有手机。出于虚荣心，Z先生问我手机号的时候，我不怕死地将妈妈的手机号留给了他，并且告诉他周一到周五在学校我不带手机，只有周末能联系，所以我放假在家就无时无刻不盯着我妈的手机。

那一刻我听到手机响，小心翼翼地潜入卧室，不敢把她吵醒，只能宛如特工一般从我妈的包里悄悄掏出手机。

仿佛有预感一般，这条短信还真是Z先生发来的。短短四个字让我心中汹涌澎湃。

——我出事了。

那毫无波澜如一潭死水般的中学生涯因为这条短信翻起了一个小小浪花，在十三岁的我心中已经算是一个巨浪。

这片段像不像小说情节？一生一遇，全靠运气，怎能叫怀春少女不兴奋？

我颤抖着双手回了一句：怎么了？

再无回信。

很久以后才知道是他那天在家陪妹妹玩跳高，因为太高了，头撞到了门框上的钉子。如此蠢的原因，他当时也没脸和别人说，于是给少女留下无数想象的空间。

我满心以为回校后会有Z先生为了引起我注意，撞墙到头破血流的新八卦传出。

然而学校里一片祥和，隐隐还有些女生蠢蠢欲动想要去献爱心的趋势。这让我失落了好一阵。

为了给伤口缝针，Z先生不得不把伤口周围的头发剃了。

大夏天，有偶像包袱的Z先生居然还戴着个帽子，依旧走路带风，像走在红地毯上。

又过了一阵子，他的头拆线长出头发，我的脸也结痂长出新肉。

为了好看，我还是贴着创可贴，卡通图案的。在偶像包袱这点上，我们是一样的。

周五放学，我们一起在学校门口的公交站等车。

“能看看吗？”他好奇地指了指自己的脸。

我反应过来，才明白他是说我脸上的疤，我愣愣地点了下头。

他低下头靠近我，撕开我脸上的创可贴，大拇指轻轻蹭了一下那块长出的新肉。

我想那块粉红色的新肉此时一定是通红的。

“可惜了。”他说。

欸？我还没品味出来他这句话的意思。他已经迈上了回他自己家的那趟公交车。

当时，我脑袋里浮现出来的是二〇〇二年那部热播港剧《洛神》。甄宓脸上受伤，曹家三兄弟都来看她。曹丕和大夫说如果甄宓脸上留疤就杀了他，只有曹植不介意外貌，只关心甄宓的身体舒不舒服。

Z先生那时候一定也在惋惜我破相，脸上留疤的事。

他果然也只在意我的美貌。肤浅，真肤浅！

08 >>>

我上初一时没有手机，即使全校的同学都有一部。

其实我家也没有那么穷，算个小康之家，但父母奉行儿女要穷养的原则。隔三岔五要找我恳谈一次，以各种理由告诉我家里可能要破产了。

对此我深信不疑，并时刻有一种危机感，一直到大学我都活在随时可能睡大街的恐惧中，所以我从未因为身边同学都有而我没有的东西去找父母吵闹。

那时候我多单纯，看见我妈一边喊着要破产，一边在逛商场的时候随便买下上千的鞋，也从来没有怀疑过他们。

不得不说，我爸妈真的很狡猾。

整个中学时期，我一星期的生活费只有二十块钱，从未涨价。

有时候大夏天看着其他同学买一块五一支的美怡乐蛋筒，心里羡慕得要死也舍不得买一支。

不然怎么说，穷养的女孩容易被男人拐跑呢？

有一次我没来得及吃早餐，也不知道怎么被Z先生知道了，他课间去小卖部给我买了两包奥利奥和一瓶红茶。

那时候小卖部里奥利奥饼干卖六块钱一包，红茶三块钱一瓶，一顿早餐花了十五块。我整个星期生活费的四分之三！简直是帝王般奢华的享受。

比帝王早餐更奢华的是，Z先生亲自送来了帝王早餐。

那是第二节课下课的大课间，他拿着早餐晃悠到我们教室门口，随便拉了一个同学叫她喊我出来。

同学一路挤眉弄眼地跑进来，用恨不得全天下都知道的表情配合故意压低的声音跟我说："55班的Z来找你啦！在走廊等你！"

其实我早就看到了，那时候对于这个自动发光体，在离我百米开外我都可以一眼看到。

我当时就是故意赖在座位上等人进来喊我。这样全班就都知道Z先生来找我了，然后我再在女孩子们窃窃私语的讨论声和偷瞄的目光中走出去，真是件让人脸上添光的事情。

所以说，虚荣心是陪伴女人一生的朋友。

"听说你没吃早餐。不知道你喜欢吃什么，随便买了点。"他把饼干和饮料一股脑地塞给我。也不等我回一句，就和他的同学一起回楼上了。

让我有一种神仙下凡一次不容易的错觉。

我当时也没有思考过他从哪里听说的，难不成我没吃早餐这种事还能在网上搜索到？

我身边有间谍，这件事是我后知后觉发现的。

总之，此时的Z先生在我心里已经成功地建立起不仅人长得帅，还"挥金如土"的白马王子形象！仅仅十五块钱就彻底将我收服。

后来我俩第一次正式见家长后，我妈半夜找我谈话，问我是不是因为他有钱才跟他在一起的。

多么狗血的台词，但当时我妈说得声泪俱下。她说家里虽然不富有，但是也不需要我牺牲自己的感情和婚姻去屈服于对方的家庭条件，我一定要找个自己真的喜欢的人。

我也声泪俱下地告诉她：“妈，我是真的喜欢他啊！”

我妈真的是偶像剧看多了，Z先生家里又不是豪门巨户，我也不是灰姑娘。若硬要问我当初为什么死心塌地地喜欢他？

大概就是因为他长得帅吧。

多么肤浅又真实的理由。

09 >>>

Z先生的球衣是21号，是他最爱的NBA球星加内特（KG）的号码。

就连他的网名K也是取自KG的名字。爱屋及乌，我也跟风收集过一阵KG的海报。

二〇〇六年他生日，我想买一件KG签名的球衣送给他。

年少无知的时候不懂一件签名球衣的价值，只一门心思想把他想要的，我能给的，最好的，都给他。

那年，某宝还未普及。

我跑遍全市的实体店都没有找到，后来才知道一件真正的签名版球衣是多么千金难求。

二〇一四年，我们到波士顿留学，那里是凯尔特人的主场。

我们终于可以去现场看一场真正的NBA比赛，但他没有看到最爱的KG。

Z先生不无感慨："如果我们早来几年，就可以看到KG的光辉时期。"

我说——

"没有如果，现在就是最好的时候。"

随着整个青春的谢幕，遗憾总是有的。

有些人错过了，还好有些人一直在。

10 >>>

周六我们一起在老师家补习英语，大家围着一个方桌坐着。

老师突然说要男女搭档做二人练习，把Z先生调到了我旁边。

这两个小时我拘束得连动下脖子都觉得僵硬，手肘有时候不小心碰到他，就像碰到了滚烫的铁。本就矮小的个头在桌子前缩成了个包子。

下课后，他同行的男生看到后面的我，十分识相地先走一步。他就放慢脚步等我追上来，也不说话。

我们俩默默走到校门口，发现两人身上都没有零钱坐车。

Z先生说完"你等等"，就走到校门口的小卖部买了瓶水换了零钱。然后回来把水交到我手里："口渴了吧？"

我接过来没有喝，一路拿着，也没有注意到Z先生偷偷咽下的口水。

后来才知道那天他身上的钱不够，除了坐车只够买一瓶水。他把水让给了我。

当时我们的家并不在一个方向，他要坐3路车，而我是303路。但不知道是不是喜欢一个人会使人愚蠢，我当时坚信，不管坐几路车都能回到家，所以我想和他坐同一趟车。

我们就这样一起上了3路车。

公交车上也没说太多话，我看着窗外的风景只觉得比往日看到的都美。

偶尔发现他在偷瞄我，我装作没看见，心里却开心得要命。

我跟着他下了车以后，发现自己到了一个完全不知道东南西北的地方。

这是个小城市，很多同学能把市里每条路的位置如数家珍。但我因为从小爸妈不愿意我出去鬼混，而变成了一个走到自家小区门口都能迷路的主。

Z先生看我一脸迷茫的样子，问我：“你家住哪里？”

我报了个地址，他思索了一下：“这里好像没有到那的公交车啊。”

“那怎么办？”在这类生活琐事上，我从来都是没有主意的。

“你等等。”Z先生又跑开了。那时候我觉得他简直就是哆啦A梦，不管碰到什么大麻烦小麻烦，他都可以解决。

他跑回家，拿了钱，到路边帮我叫了一辆的士。跟司机说了地址，还替我付了钱。

“我有钱……”我怯怯地跟他说。

虽然以我当时一周二十块钱的零花钱，还真不一定够打车到家。但我当时满脑子想的是不能用他的钱。

Z先生说：“小事，上车吧。”

临上车前，我脑子一热想偷亲他一下。

可惜……他太高了，我踮起脚只碰到他下巴。

他可能没想到我有这一招，整个人都向后退了一步，脸红得像煮熟的虾米。

Z先生轻咳一声，假装若无其事地帮我打开车门，还很绅士地嘱咐我系好安全带：“平安到家后给我打电话。”

我第一次“做贼”还失败了，于是异常乖巧。

回到家，我躲在阳台上给他打电话。

他突然很认真地问我：“我们是不是进展太快了？”

我有点不高兴，觉得这话是对我的否认。于是我顾左右而言他：“窗外月亮好圆啊！要是有烟花就好了。”

现在说来有点像电视剧里的画面，但确实就是那么巧。在我说这话的时候，窗外不知谁家放起了烟花。

五颜六色的烟花绽开在夜空中，映在眼里成了最美的风景。我兴奋地趴在窗口：“你听见烟花的声音了吗！要是你在我身边就好了。”

Z先生说：“我一直在你左右啊。”

一时之间，喧嚣的烟花声都听不见了，我只听到自己快跳出胸膛的心跳声。

“你刚刚是不是生气了？我不是那个意思。说实话，你会不会觉得和我在一起很无聊？我又不会说话。”看我半天不接话，他又找回了之前的话题。

“不会！只要和你在一起，就算不说话也很开心！”我瞬间恢复元气，把刚刚的怨气抛到九霄云外。

Z先生不是个会说情话的人，大多数时候，他都笨拙得让人心塞。

那一晚，我发现他把自己的QQ个性签名改成：Orange。

11 >>>

Z先生在不熟的人面前是很高冷而且慢热的，加之当时在年级里又有那么点小名气，所以当时全年级都觉得是我一直倒贴上去黏着他。

我的性格本来就比较大大咧咧又十分外向，心里有五分嘴上会说成十分的那种，所以更加加剧了这种传言。

刚开始也没觉得有什么，嘴长在别人身上，爱怎么说怎么说。

有一回上课偷偷看小说，书上说，真正喜欢你的人，不会舍得让你主动。因为暗恋总是让人受尽委屈的。

然后我就矫情了，怎么都过不去这个坎了，觉得他对我太不好了，放任流言蜚语这么诋毁我。

我的闷气生得毫无征兆，以Z先生比大肠还直的脑子是不可能想通我生气的点在哪儿的。

但好在他在我身边安插了个间谍，我的好闺密南瓜，给他通风报信，出谋划策。

所以那周星期四下午，我和南瓜晚饭后在学校操场上溜达消食的时候，突然听到男生宿舍楼上有人在喊“Orange”。

我回过头看见五楼站着一排人，Z先生就站在中间。

他们看到我回头就一起大喊：“Orange！”

当然高冷的Z先生是没有开金口的，他一副“我想到这个主意是不是很牛”的表情，站在人群中。

我当时又喜又羞，一路傻笑着跑回了寝室。

然后给他发短信：不是说好了要低调吗？

——这种事不能低调。有些东西来了就挡不住的。

他没有说有些东西是什么东西，但我们都知道那时候有些东西已经在心里生根发芽。

——这下全校都知道你了。不生气了吧？

12 >>>

在Z先生之前，也有过别的男孩子向我表示好感。

我记得有个特别温暖的男生，他给我买了个生日礼物。但他没有直接给我，而是寄存在那家礼品店的寄物柜里，然后告诉我密码，让我自己去取。

我从寄物柜里取出了一只小猪录音娃娃。

那个时候还没见过录音娃娃，特别新奇，不知道怎么玩，就到处捏捏。

小猪的左手是录音键，右手是播放键。

我随手乱按，先按左手，随便说了句话，又按右手，小猪就重复我说的话，特别有趣。

我带回寝室摆弄了一下午，南瓜看到了问是什么。

我说："是别人送的生日礼物。"

她拿过去研究了一下："是录音娃娃？"

"是啊。"

"里面录了什么？"

"什么也没有啊。我拿到就录了音进去。"

"你真是个猪脑袋。"南瓜一副怒其不争的样子，"送你录音娃娃当然是有话跟你说，又不好意思当面说，才用录音的啊。你为什么不先按播放键听一下呢？"

"我又不知道哪个手是播放键……"

后来我试探性地问他："那个娃娃里你给我录了什么？"

"你没听到？"

"不小心删了……"

“啊。这样啊……就是说生日快乐啊。”

“哦。”我没有追问下去，也知道再问也得不到答案。

不过现在想起来，会有点遗憾，因为我永远都不会知道当初他到底在娃娃里录了一句什么话。

会不会是一句——我喜欢你？

如果我当初先按了右手，听到这句话，故事结局会不会又不一样？

有缘无分大概说的就是这个意思吧。

13 >>>

我除了遇到特别温柔的男孩子，也遇到过一两个非常极端的。

有个男孩在被我拒绝后，给我写了一封“血书”（用红色墨水笔写的），上面陈列了一百种自杀方式，以此来威胁我。

他们班女生还来我寝室和我促膝长谈说他对我多么认真，让我好好考虑。

不要说男朋友，这种极端的男孩子就算做普通朋友我都觉得害怕。

男孩知道我那时候和Z先生关系正暧昧，在Z先生经过操场的时候，踢足球故意砸他脸上。

事后还扬扬得意地和别人炫耀，传到我耳朵里，把我气得不轻。

那时候Z先生可是这条街上我罩着的崽儿，怎么能被别人欺负！我冲去对方班上兜头骂了那男孩一顿。

那个男孩见我发火，又叫了他们班的两个男生在午休时间把我堵在教室里，求我原谅，如果我不说原谅，他就不让我出去。

我当时甩了一句特别硬气的话："我最看不起随便向别人下跪的男孩子。"然后硬是从他们的手臂和门之间的缝里挤了出去。

虽然发完了火，但想到有人因为我去欺负Z先生，心里还是难受得很。

我当时和南瓜说了句特别"青春疼痛文学"的话："如果他会因我而受到伤害，我是不是应该离他远远的？"

说完这句话，我忍痛去食堂啃了个大鸡腿，然后憋了两天没和Z先生说一句话。

第三天下课，我看见Z先生抱着篮球跑下楼，于是和南瓜说："我们去看他打球吧？"

南瓜十分鄙视地瞥了我一眼："是谁说要离得远远的？"

"我们是社会主义接班人，要勇于和恶势力做抗争。"

后来过了好多年，我问Z先生记不记得以前读书的时候有个男孩子因为喜欢我，故意踢球砸他。

Z先生说完全不记得有这回事，也不知道是真的不记得，还是没有这回事。

"但我记得有个男孩子大半夜打电话给我，警告我一定要好好对你。我问他是谁，他不肯说，就是故意用恶狠狠的口气威胁我如果不好好对你，一定会来打我。"

说不清楚听到这个时心里是什么滋味。

我猛然想起，再早一些还没有发生不愉快的事情的时候，有一回我逛街看到一套很可爱的小熊玩偶，就驻足站在橱窗外观望。当时刚好这个男生给我打电话，我顺口提了一句看到了一套很喜欢的小熊玩偶。

我没有告诉他在哪里看到的，只说了娃娃的样子。

结果这个男生暑假骑着单车绕了整个城市一圈，找到了那套我描述的小熊玩偶送给我。

虽然我不喜欢他后来做的那些事，但那种喜欢一个人的心情，我和他一样懂。

我们永远不知道自己会为了喜欢的人，卑微成什么样子。

14 >>>

有一年，Z先生突然送了我一幅他的画像，是他室友画的。

画中的他坐在宿舍的床铺上玩手机。他室友好像生怕别人看不出来画的是他，还画了个箭头，上面写着Z先生的名字。

“干吗要送一幅你玩手机的画像给我？”

“不是在玩手机，是在给你发信息。”

我脸一红。

“鸣仔说每天中午看到我一动不动地在床上给你发信息，一聊就是一中午。他就画下来了。”

“帮我谢谢他。”

上课的时候，我偷偷从课本下面挪出这幅画，在Z先生的名字旁边认真地画了个桃心，再加上我的名字。

下午放学我还偷偷溜出校门，在复印店里把这幅画过了塑。

多亏当年过塑了这幅画，十二年后还能完好如初。

15 >>>

我们那时候很流行看《爱格》，《爱格》杂志喜欢用一些少男少女的素人模特照片插在故事里。

我的朋友小宇恰巧买了一台傻瓜相机。

她不停地怂恿我：“你和Z先生长得也不比书里的模特差，你们给我当模特拍一套照片。我投稿去杂志社，如果录用了，不仅可以拿到稿费，还可以在杂志上看到你们呢！”

先不说稿费，光是可以和Z先生一起拍套纪念照我就很开心了。

于是我拿着杂志去找Z先生，说想和他拍一套青春杂志封面上这种感觉的照片。

Z先生拒绝了我，他说：“我做不来。”

“试试嘛。青春留下点纪念不好吗？

“杂志社不可能会录用的。”Z先生小小年纪就擅长泼冷水。

“那个不重要，重要的是你不想和我一起拍张照片吗？”

Z先生在我的软磨硬泡下同意了。

我们午休时间溜出来，在操场上折腾，一会儿在沙坑里演玩沙子，一会儿在双杆上演翻双杆，还爬到了教学楼门口的一棵歪脖子树上去了。

树没有踩脚的地方，还是Z先生把我抱上去的。

我俩还没来得及站稳，就听到下面一声怒喝："你们在干什么！下来！"

午休时间，碰到教导主任巡查校园，也是我们倒霉。

Z先生赶紧把我接下来，我们并排站着挨训。

"你们午休时间不回寝室午休，在干什么？"我们教导主任姓雷，绰号雷老虎，从外号已经能领略到他的凶悍。

"我们在拍照。"小宇亮了下她的相机。

"拍照干什么？"

Z先生正准备说话，我急中生智，挡在他前面："我们要拍照去参加一个全市摄影大赛，如果能拿到奖，就是为校争光啊！"

雷老虎将信将疑："经过你们班主任同意了吗？"

"嗯嗯，都问过了。"我点头如捣蒜，心里说的是，当然没有。

"好吧，那你们继续拍吧。"雷老虎也不知道是不是被我唬住了，居然没有追究下去，"记得把班主任签的午休假条补给我！"

我朝他的背影做了个鬼脸。

连我们是哪个班的都没问，还想我们去补假条？

16 >>>

照片洗出来了，远远没有杂志上那么精致好看。投稿当然失败了，但我还是很高兴，因为这是我和Z先生第一次合影。

我把这套照片洗了两份，一份送给Z先生，并告诉他照片没有被录用的事。

Z先生反应平平："我早就告诉过你啦。"

我有点难过，他好像一点都不珍惜。

这周篮球赛，Z先生在比赛中摔了一跤，膝盖蹭破了皮。

中场休息的时候，我从朋友那讨了两片创可贴给他送去，帮他贴上。

"另一块替换的放哪里？"

"你放我钱包里就好了。"

哨声吹响，他又回到场上。我去场边拿他的钱包放创可贴，一打开钱包就看到夹层里放着我俩的照片。

笑得我嘴巴都快咧到耳朵上去了。

17 >>>

我初三的时候，终于拥有了一部小灵通手机。

白白的，小小的，拿在手里只觉得万般可爱。虽然那时候的手机内存只能存十首歌或者一百条短信，也依然觉得欢喜得不得了。

那时候，我准备了一个漂亮的小本子，把Z先生发给我又实在储存不下来要删除的短信，一条条地誊抄到本子上。

至今为止，我都可以背出Z先生的第一个手机号，还能记得他的手机彩铃是王力宏的《放开你的心》。大概烂熟于心就是如此。

开学的第一周，周五中午我收到了一个来自陌生号码的短信：放学别走。

我冥思苦想也记不起这个号码是谁的，我最近得罪了什么人吗？短信这东西，语气全凭自己理解，我当时认定这说话的口气是有人放学要揍我。

小女子不才，读书的时候，也飞扬跋扈地狠狠地得罪过那么几个人的。

就在我胆战心惊的时候，对方打了电话过来。

我试探性地小心翼翼地“喂”了一声。

那边一个冷酷的声音说：“是我，Z。”

“你放屁！”我下意识地说出了这粗俗的三个字。

要知道我当时在Z先生面前可是时刻保持着天真无邪，看到小狗都要退后半步躲在他身后的可爱（做作）形象，怎么会说脏话呢？

后来上大学，我在他面前第一次肆无忌惮地说脏话的时候，他还跟我生气了好一阵子。

能没脸没皮地在他面前说出“你可拉倒吧，傻狗”这样的话，已经是十年后的事了。

总之，当时电话那头的Z先生可能是发现了我可爱的背后粗俗的真面目，也可能是从来没被人这么骂过，他的语气更冷了一分：“我手机没电，找同学借的手机，不信算了。”

说着他就要挂电话，这时候我才听出来真的是Z先生的声音。我大脑飞快地旋转，思考着怎么才能弥补我的形象。

在他挂电话前最后一秒，我大吼了一句：“是我放屁！”

周围的同学向我投来奇怪的目光，我拿着小灵通往教室外跑，一边压低声音说：“对不起。我错了，不该讲脏话。”

他在电话那边好像笑了，然后他说：“周五放学我们一起回家吧。”

“一起回家”这四个字简直充满魔力，宛如天籁。

明明你回你的家，我回我的家，回家只是一同走一段路，但听起来就像我们有个共同的家。

所以说——

说话是门艺术。

最近周杰伦出了一首歌，歌名叫《等你下课》。听起来多么浪漫，多么青涩。

如果他这首歌叫《放学别走》，即使意思相同，意境就差了一大截。

18 >>>

自从他开学第一周邀请我一起回家以后，我们每周五的下午就有了一个一起回家的约定，一直坚持到高三毕业，除非特殊情况，从不间断。

从八中的校门口走出来后，是一条很长的江，大名鼎鼎的湘江。

那时候沿江观光小道还在修，走的人很少。

沿江观光道有一个二三十级的台阶，我们每次都用“石头剪刀布”的办法，赢一把就往下走一级，谁先走到底谁就赢了。

输了的人要背赢了的人在江边走一段路。我几乎就没输过！也不知道是自己运气好，还是Z先生故意让我。

有一回我很难得地输在了最后一级阶梯上，也很有愿赌服输的表示，你尽管上吧，别看我个子小，力气可大着呢，背你十秒钟不是事儿。

那时候我一米五，Z先生一米八，身高悬殊大得就像个笑话。

他看我撅着个屁股要背他的样子，无奈地摇了摇头。

我赖在原地不肯动，跟他说：“我觉得我可以抱得起你，你让我试试。”

“不可能。别闹了，到时候两个人一起摔了。”

“真的可以。你让我试一下，就一下。不行就放弃。”

他犹豫了一下，终于松动：“你想怎么试？”

“你站在原地不动就好了，我就用拔玉米的姿势试一下能不能把你抱离地，离地一厘米也算。”

Z先生大无畏地眼一闭，把双手张开：“来吧。”

当时奇怪的好胜心让我发誓一定要抱起他，还助跑冲过去，双手环抱住他的腰，然后使出吃奶的劲并伴随着原地一声吼。

“嘿！！”我感觉到他的位置好像移动了一下，整个人向上腾空了一点。

还没等我开心一秒，就发现是这厮踮起了脚。

“你是不是当我瞎？”我抬头看到拼命憋笑的一张脸。

被戳穿后，他终于可以放声大笑出来。一边笑一边乱揉我的头发，我趁机偷偷比了一下我们的身高，我的头顶还不到他的肩膀，但是耳朵刚好能听到他的心跳。

我让他别笑，看着手表数了一分钟。

而我，悄悄在心里数了一分钟他的心跳声。

是的，那时候我们就是这么矫情做作，而且乐在其中，不知肉麻。

言归正传，回家那一段江边的小路很长很长，走一个小时都走不完。我们经常走到走不动就打的回家。

鉴于我那紧巴巴的二十块零花钱，打的费都是Z先生这个百元大户出。每次的士都是先送我回家，再送Z先生。

一切听起来都十分美好。

很久以后，Z先生才敢告诉我，其实那时候他的零花钱虽然多，但用起来大手大脚，到了周五有时候打的费都不够了。但他又不好意思告诉我，所以每次他都胆战心惊地盯着那个跳价表。

等我到家下车后，他再坐一段路离开我的视线范围后，就会叫司机停车，然后他下车走路或者转公交车回家。这件“糗事”他瞒了四年，我都不知道。

男神不易当啊。

这个故事告诉我们，浪漫的背后总是有代价的，比起潇洒阔气的那一面，背后笨拙守护你的心意更加弥足珍贵。

19 >>>

年少气盛的我们还特别喜欢打赌，什么都要比个输赢。

在回家那条长长的沿江小道上，我们最喜欢比的是冷笑话大赛。

类似于“一颗软糖走着走着腿就软了”“火柴棒撞到头以后，去医院包扎就变成了棉签”。

这种段子我可以张口就来，说十个不带重样的。

那段日子我积攒了大量冷笑话段子，为之后的写作积累了丰富的素材。

有时候，当下做的某些事看起来毫无意义，但经年之后，你总会突然发现它对你潜移默化的影响。

所以这个世界上根本就没有徒劳无功的事情吧，或迟或早都会显现出它的意义来。

比如说，我们那时候一起吃饭还喜欢比谁吃得快。

在北方小吃城里，我吃小笼包，他吃馄饨。不记得谁说了一句：“吃得快的人就赢了！”

我们对视一眼，没人喊开始双方却突然都默契地埋头疯狂吃。

我率先把剩下的最后四个小笼包一起塞进嘴里，两颊鼓得像只松鼠，口齿不清地说：“窝池完啦（我吃完了）！”

“没吞下去就不算结束。”他的馄饨很烫，还硬着头皮一边哈气一边吞滚烫的馄饨。

年轻时的好胜心真是用在了奇怪的地方。

我不记得那场比赛我们的赌注是什么了。

估计就是谁输了谁是猪，或者谁背谁走十步之类的赌注。

但青春中总有些画面，永不褪色，泛着温暖的黄色的光，停留在我的记忆里。

就像十七八岁的少男少女坐在北方小吃城里比谁吃饭快。

这种事情光是想想都让我不自禁地牵动嘴角。

20 >>>

数学一直是我的一块心病。

上天是公平的，可能语文好的人，数学都很难好。

我以前觉得只要会加减乘除就好了，数学学那么深有什么用？

直到我出国旅行和别人兑换外币，被银行门口的“外汇黑户”忽悠了一把。同样的一百块钱，只换到同行朋友的四分之三的钱。

直到五一长假改成三天，连着周末还得补一天班，我掐着指头算，和别人争执这不就跟没有放假一样吗。

直到我出国买东西用现金结账，找零时算得比不会九九乘法表的外国人还慢。

这时候我终于愿意承认，数学的作用超乎想象的大。

但这依旧改变不了我数学在一百分满分的时候只有六十几，一百五十分满分的时候只有九十几的事实。虽然本质差不多，我还是喜欢九十分，看起来面子上比较过得去。

在初三的升学压力下，我一做起数学题来就抓耳挠腮。而且有个不知道什么时候养成的臭毛病就是边想边拔眉毛，越做不出越要拔。

拔一两根的时候还觉得痛，好多根一起拔就只觉得爽了。

终于，犯傻的我一个礼拜内把两条眉毛都拔光了……拔光了……拔……光……了……

不要问我为什么在一条眉毛被拔光的情况下，还能继续把另一条拔光了，我也不知道。

大概是觉得要对称美。

其他同学都不敢相信，还以为我是臭美，修眉毛时不小心刮光的。

天可怜见，除了我那天天忐忑地看着我拔眉毛的同桌，也只有我自己知道，我确实是个脑残。

眉毛这种东西就是你拥有的时候，并不会去珍惜。没有了，才发现它是多么重要。

失去眉毛的人就像外星人，你不信可以去试试。

反正每个人看到我都不可抑制地哈哈大笑。所以那段时间在学校，我天天躲着Z先生。看到他在三米开外就掉头。

可每周五Z先生要送我回家呀。多亏那时候我有个厚重的直刘海，我一直小心翼翼地用刘海遮住眉毛那部分。

在那个周五Z先生送我回家的路上，我很忐忑地一直在按着刘海闪躲他的视线。

经过江边的铁轨大桥时，他终于忍不住问我。

“我怎么觉得你今天哪里怪怪的？”

“没有啊！哪有？你看，火机！”

“你是想说火车还是飞机？”他又露出那副看傻子似的无奈的笑容。

“呃……”我指向天上的手不好意思地放了下来。

就在我傻笑的同时，沿江的一阵大风刮来……

我看见Z先生愣了一下，然后挑了挑眉毛。

当时我就知道，事情败露了。

我一下子就泄了气，有点委屈地揉了揉眼睛，差点要哭了。

我辛苦维持的小仙女形象一瞬间变成外星人。

他却突然很舒畅地笑了。

“真是个笨蛋呀。”

带着温柔笑意的尾音飘荡在江风中，那么好听……

当然这个画面是经年累月后经过我记忆美化的，真实的台词，他可能说的是——你真是个傻子，白痴，二百五诸如此类，已不可考。

21 >>>

初中时，Z先生买通了我最好的朋友南瓜给他做间谍，所以才对我的动态了如指掌。

我有任何小心思都和南瓜说。我和Z先生晚饭后在学校小树林里散步的时候，南瓜就抱着四块钱一碗的蛋炒饭坐在树林外的石头上边吃边等我。

她是我们感情路上的见证者，甚至可以说是参与者。

结果有一天我的室友跟我说南瓜也喜欢Z先生。还给我好一通分析为什么得出这个结论，说得头头是道。

我越想越觉得煞有其事，憋了半个月后，有一天饭后我和南瓜在操场散步。

我终于忍不住问她：“你是不是喜欢Z？”

“啊？”南瓜一脸诧异，还没来得及回答，就见我深吸一口气一副破釜沉舟的表情：“如果你喜欢他，就让给你！我不会和你争的。我们才是最好的朋友。”

“我怎么可能喜欢他！我又不瞎。唉……我不是那个意思。总之我不可能喜欢Z啦！哪个智障和你说的，我去骂她。”南瓜气愤得要命。

时隔十年，今年南瓜从珠海回来给我当伴娘，提前半年就和老板请好假，一副打雷下雨下冰雹都要来的架势。

她和我提起当年这件糗事：“你那时候说要让给我的时候，下了多大决心啊！我都感动死了。”

其实我一点也不记得这事了，我怎么可能做出这么“白莲花”的事？所以我跟南瓜说：“你别当真。其实我当时嘴里说的是‘让给你吧’，心里想的是‘如果你敢要老娘就打死你’。哈哈哈哈。”

塑料姐妹情，天长地久。

22 >>>

中学的时候晚自习九点下课，我和Z先生有时候会去操场上遛个圈再回寝室。

散步需要有个借口，所以我就没事找事地想出各种理由。

某个晚上，我坐在窗边认真写数学题且拔眉毛的时候，窗口飞来一只奇丑无比的虫子停在我手边。

我按捺住尖叫的冲动，想要用本子拍死它。

下手前，我发现它的尾巴闪了一下。

我放下本子，拉同桌过来看。同桌说这是萤火虫。

萤火虫?

在无数日本动漫的影响下，我对这种生物有着极其美好的印象。虽然我从来没见过，但认定它肯定不长这个丑样子。

同桌用双手拢住它的尾巴，我凑过去看。黑暗中，它的尾巴发出荧光绿色。我这才愿意接受，它是只货真价实的萤火虫。

我央求同桌帮我把它抓起来，腾了个透明的圆规盒装进去。

同桌说萤火虫抓起来就活不了多久了。

我才不管，我要把它拿给Z先生看。这是我们今晚散步的理由。

你看，人有时候为了一己私欲就是这么残忍。

那晚月朗星稀，萤火虫在圆规盒里奄奄一息地泛出光亮。

我献宝一般拿给Z先生看，他也从来没见过。我俩站在操场上，头凑在一块看得入了迷。

直到一道光线从他的头顶晃过，我们听到一声大吼："谁在那里！"

一个骑着二八自行车，一只手握着车把，一只手拿着手电筒在黢黑的操场上扫射的老师朝我们的方向风风火火地赶过来。

那一刻真的是心跳如雷，比被表白还刺激。

这一分钟内，我在没风度地抱头逃窜和勇于直面惨淡人生中纠结半天，最后还是待在了原地。不是我不想跑，着实是身体没跟上思想。

我估计Z先生没跑的原因是要面子。那一刻，如果我俩跑了，估计也没以后了，留给彼此最后的印象就是个猥琐的背影。

总之我俩当时心跳如雷，但外表仍云淡风轻地站在原地等老师过来。

老师晃到我们面前，语气不善："你们哪个班的？下了晚自习不回寝室，在这瞎溜达什么？"

"探讨生物问题。"一瞬间，我举起了手中的透明圆规盒，萤火虫还在里面缓慢地爬动。

老师估计知道我在瞎扯，也不戳穿，不耐烦地甩甩衣袖子："明天再讨论，先回寝室休息。"

我们如蒙大赦，逃出生天。

23 >>>

人不能嘚瑟，尤其不能把老师当傻子。

操场事件过去不久，我好了伤疤忘了疼。

有一次，大夏天中午和朋友玩水，把衣服弄湿了。我衣柜里有一大堆等待我换的衣服，但我不知道哪根筋搭错了，偏要去找Z先生讨衣服。

我骗他说我没有衣服换，他转身回寝室随手给我拿了一件黑T恤。

我那个下午就穿着画着篮球明星，过膝的大T恤在学校晃悠，然后被英语老师逮了个正着。

我们英语老师是两个班共同的老师，所以她一眼就认出了这件T恤是谁的。而且我们每周六还一起在她家上补习课，下课的时候，要背完课文才准走，Z先生先背完就会站在楼梯间等我，我先背完就在原地磨磨蹭蹭地收拾文具。这些小猫腻她早就看在了眼里。

总之，当天下午放学，我们就被各自的班主任领到了办公室。

当时办公室里只有两位老师。

我去的时候，Z先生正站在他班主任面前低着头，一言不发，也没有抬头看过我一眼。

他班主任情绪非常激动，毫不夸张地说，没把我们感动，先把他自己说哭了："Z，你不能这样啊！老师对你可是寄予厚望的啊！现在中考在即，你的心思应该全部放在学习上。难怪你最近学习成绩下滑这么快，你看看你这张数学卷子……"

那一刻，我仿佛觉得自己家养的狗被人欺负了，怒不可遏。

我的班主任是历史老师，比较儒雅，对我也很客气，一进来就搬个凳子让我坐，很温柔地尝试和我谈心。

而我的注意力一直停留在不远处的Z先生身上，耳朵竖起来听他班主任有没有骂什么难听的话。

那种叛逆的情绪出现在自己身上就变得十分激动："我衣服湿了借件衣服怎么了？男女同学之间不能有正常的友谊交往吗？"

"我不是这个意思。"我们班主任真的十分可亲，他一直心平气和地和我说话，反而我像个一点就着的炮仗，跟旁边桌形成了鲜明的对比。

班主任看我心不在焉地一直偷瞄旁边，就把我带去教室继续谈。所以Z先生最后和老师怎么说的，我无从可知。

我只知道，这次被抓包后，直到中考，他都和我默契地保持距离不再见面。

24 >>>

半年时光，说长不长。但要刻意假装不在意一个人，和他保持距离，是件很痛苦的事。

那句歌词怎么唱来着？有一种想见不能见的伤痛。

那时候都恨不得来一场狗血的失忆，假装什么都没有发生。

在第N+1次我躲在大树后偷看Z先生背影的时候，我的闺密南瓜终于忍无可忍。

她背着我，找到与Z先生比较相熟的阿苏一起去堵截他。

两个义薄云天的女汉子在食堂门口堵住Z先生："你到底打算怎么办？"

南瓜回来之后义愤填膺地描述，Z先生当时一脸淡定地说他要好好搞学习。

一句话把两人堵得没话说。

然后南瓜告诉我："放弃吧，你俩没戏。"

我听到这个答案倒不是很难过，而是有点茫然，表白这事还有代劳的？我还没亲自上阵，怎么就被判了死刑？

但不管是不是亲耳听到，拒绝就是拒绝。即使我自己去问，也许得到的只是一个委婉一点的拒绝。

我们班和他们班隔了一层楼，Z先生的班级刚好在我们班楼上同一个位置。以前课间我总是趴在走廊上，一抬头就可以看见楼上的同学伸出栏杆的手。

我可以一眼认出Z先生的手，因为他手上有一个蓝色的手环，是那个年代很流行的篮球手环。

有时候他会探出半个身子，我就可以看到他的侧脸，但只要他一低头，我就马上把头缩回去，像在玩捉迷藏。

其实我并不喜欢趴在走廊上，要知道那时候课间十分钟很宝贵，是我们繁重学习中仅有的一点补觉的时间。但为了那碰运气的一瞥，我几乎牺牲了每个课间时间，站在走廊上。

食堂被堵事件后，自尊心让我克制住自己课间去走廊的习惯。

到了临近毕业的时候，大家的心思都有点不在学习上。

有同学带了相机来，试图留下这并不美好的三年。

不管过去关系再怎么别扭的同学，到那个时候都变得一团和气。

当时最流行的莫过于写同学录，我抽屉里堆满了五颜六色的纸张，每一张我都很认真地琢磨该留下什么话才能总结出我和这本同学录的主人三年来的关系，亲疏有别，绝不能一概而论。

这里面我压在最底下的一张淡蓝色的同学录就是Z先生的。我实在不知道该怎么总结我和他过去半年那并不明朗的关系。

不知道他是出于什么心态跨班给我送了一张同学录。

当然，我也毫不示弱给他送了一张我的。

时至今日，我已经忘得一干二净自己给他写了什么，大概是满满一张纸的真情告白，就跟袁湘琴写给江直树的情书一样。

我记得非常清楚，他回给我的临别赠言只有一句话——

你在楼下看风景，而我，在看你。

在一万只晕头转向的疯马从我内心奔腾而过之后，我看着那张同学录痴痴地想，Z先生可真有文采啊。

直到我长大后读到卞之琳老先生的诗，才知道有文采的另有其人。

卞老先生，您留下的诗句是理工男的瑰宝。

衷心感谢您。

25 >>>

在我们被老师找去谈话的几天后就是二月十四号。

出事前，我曾在课间去做操的路上拿着一本青春杂志蹦蹦跳跳跑到Z先生面前跟他说："我们按照这个封面上的样子去过节吧。"

Z先生不明所以，接过那本杂志仔细看了看："想去游乐园？我们这只有岳屏公园有个小摩天轮。"

“那就去岳屏公园！”

“好。”他把杂志还给我，我拽着他要拉钩，他就用大拇指跟我盖了个章。

那本杂志封面上的背景是一个巨大的摩天轮，夜色里少男少女在游乐场里戴着同一条红色的毛线围巾，女孩手里拿着一个气球。他们背后的摩天轮上挂着的小灯泡发出星芒一样的光线，画面里的氛围好得不像话。

在我们那时候，有一个现在看起来很老土的传说，一起坐过摩天轮的人会永远在一起。超级玛丽苏，但每个十几岁的少女都无比向往。

我那时候已经默默计划好，我们二月十四号就去坐摩天轮。我还折了一瓶子的纸星星想要送给他。

计划赶不上变化，我幻想的所有浪漫的情节在老师的谈话后都泡汤了。

他选择了退缩。

朋友以上，恋人未满的感情，下一秒就连朋友都不是。

出于某种报复心理，我故意约了他们班另一个男生阿杨出去过节。

阿杨在年级里也是个小有名气的帅哥，虽然没有Z先生高，但因为长相精致，颇受女孩们欢迎。在级草头衔花落谁家这件事上，他们俩一直分庭抗礼，各有拥趸。

或许正是出于这个原因，阿杨成了替补的不二人选，但其实那时候我根本不认识阿杨，连他的手机号都是辗转得来的。

怒火让鹌鹑变得大胆，我打电话央求了他快三个小时，阿杨终于答应周六陪我出来。反正不出来玩，他也是在网吧打游戏，没有别的安排。

现在想起来，邀请一个陌生人过情人节要多荒唐有多荒唐，但那个时候金牛座钻牛角尖的特质被我发挥得淋漓尽致。我只想报复Z先生的退缩。

26 >>>

我和阿杨去做了我原本计划和Z先生做的所有事情，坐摩天轮，大冬天吃雪糕，送礼物……

就像做任务一样，完成一个就在心里打个钩。

小城的摩天轮远远没有杂志封面那么宏伟梦幻，落败的小公园里只有一个老旧的小摩天轮，上面刷的黄色的漆都快掉光了，摇摇晃晃十分钟可以走完一圈。

我自己也没注意到，我一整天都在跟阿杨絮叨Z先生的事情。

阿杨不太耐烦，毕竟他面对的是一个陌生又奇怪的女孩，完全可以理解。

我们在公园门口吃雪糕的时候，还遇到了阿苏和她的朋友。

当时我正拉着阿杨打听Z先生的事，聊得兴高采烈。阿苏看我们的目光有些不善，似乎生气了，说话夹枪带棒：“换得挺快。”

她那时候一定觉得我昨天还在哭天抢地，一副非Z先生不可的样子，转头就挽着别的男生，只要长得顺眼，谁都可以。

她为Z先生打抱不平，也觉得自己之前为我操心是白费力气。

我想解释，但又觉得实在没什么好解释的。事实就是她看到的那样，是我硬拉着阿杨出来过情人节。那天我甚至想过，如果阿杨喜欢上我，我就和他在一起让Z先生后悔一辈子。

当然，阿杨不喜欢我，我又不是万人迷。他甚至还有点讨厌我，那天之后他看到我就躲，就像我有什么传染病似的。

情人节第二天，周日晚上去学校上晚自习，我在校门口碰到阿杨，想打个招呼。但他眼角余光一瞟到我扬起来的手，就拉着同学飞也似的跑了。

我当时颇为受伤，好歹也是昨天请你吃过雪糕的同学，不用做到这一步吧？

说起来也真是有趣，Z先生和我关系交好的时候，他们班的人天天造我的谣，一副看不得我好的样子。但我们断了联系后的小半年，我和他们班好些男男女女都混熟了，就为了打听关于他的只言片语。大家也特别乐意做我的狗头军师。

直到情人节过去四个月后，快毕业的时候，我和Z先生的室友小陆聊天。

他突然问我：“你情人节是不是和阿杨一起过的？”

我很惊讶：“你怎么知道？”

阿杨绝对不是会把这种事情到处张扬的人，他应该巴不得和我撇清关系才对。

“你还送了他一瓶子纸星星。”

“这你都知道？阿杨说的？不可能呀。他一看到我就躲。”

小陆颇为嫌弃地瞥了我一眼：“那肯定躲你。Z知道你和阿杨出去过情人节，还送了他礼物后，就横竖看人家不顺眼，总是想方设法找他碴。两人在班上差点没打起来。”

小陆告诉我，情人节后那周，阿杨只是路过不小心蹭了一下Z先生的桌子，把Z先生的桌子碰歪了。Z先生愣是找碴和他吵了起来，差点操起椅子干架。

大家都知道醉翁之意不在酒。

阿杨可能也知道症结所在，反思后觉得自己这事做得不厚道，也不跟Z先生计较，让他发泄。

后来想，大概是阿苏气不过告诉Z先生的。但其实这件事真不怪阿杨，是我太任性。

直至今日，陪Z先生参加各种同学聚会，我都不好意思再见阿杨。

Z先生一直是脾气很好的人，好到你觉得没脾气。遇到事情，他可能会像唐僧一样碎碎念跟你讲半个小时道理，但不会爆一句粗口，更没打过架。

这一点让我一度觉得他不够有男子汉气概。

听小陆说他因为我和别人使小性子的时候，我竟然觉得他幼稚得可爱。

青春里，那个为你打过架，为你吃过苦，为你叛逆过的男孩子，你要好好珍惜。

27 >>>

我从小到大最好的闺密小葵，中学和我不在同一个学校。

我在八中，她在一中。中间隔了一整个城市的距离。

同是住校生，我们一年到头能见面的次数屈指可数。但我们一直坚持写交换日记，分享彼此的青春故事。

小葵说看了我的日记，她鸡皮疙瘩掉一地。一个本子里满满都是Z先生的名字。

我和Z先生闹翻的那段时间，她一直小心翼翼地哄着我，生怕我情绪崩溃。

我想要肯德基新出的套餐里的小熊玩具。

那个玩具是随机的，一共有九款不同的动物。她就买下很多份，直到找到小熊玩具为止。

我逛街随便看了一眼的首饰盒，她背着我偷偷买下来。然后，抓紧下午放学到晚自习上课前的那两个小时，坐车送到八中来哄我开心。

小葵说：“我脑子里一直有个幻想，你有一天哭着打电话跟我说被Z欺负了。我二话不说就冲出教室，打车跑到八中来帮你打死他。”

那个年纪，为你逃课的朋友已经是过命的交情。

我又哭又笑，抹着眼泪说：“不要乌鸦嘴咒我。”

她抱住我：“别哭了，就算没有Z，你还有我。”

28 >>>

我和Z先生闹翻的那半年里，通过阿苏认识了一个高中部校霸级的男生叫阿如。

我们都把阿如叫大叔，虽然他比我们大不了两岁，但高中和初中之间宛如存在一条鸿沟，让我们觉得遥不可及。

大叔经常逃课，闲得很，有事没事就到初中部来请我们吃饭。

虽然我对不良少年没有很深的感情，但不得不说和大叔走在一起的感觉还是很爽的，和Z先生那种感觉不一样。

旁人看到大叔都是有点惧怕和恭敬的态度，但其实大叔并不可怕，就是个头脑很简单的大男生。

他从外面打架回来跟我视频，凑在摄像头前面指着自己鼻子上的伤口说：“看到没看到没？刚在台球馆被一孙子阴的，不过他比我更惨。”

看他龇牙咧嘴的样子，我真是哭笑不得：“您就消停消停吧，小心被学校开除。”

“我会怕这个？”大叔十分不屑地哼了一声，又痛得马上捂住鼻子。

他来找我们的次数越来越多，我也发觉不太正常。

阿苏问我：“你没觉得阿如喜欢你？”

“不会吧。”

“如果你对他没意思，还是早点说清楚比较好。别看阿如平时和我们嬉皮笑脸的，他可不是什么好惹的人。”

我想了很久，忐忑地在QQ上问大叔：你是不是喜欢我？

大叔承认得很爽快：这不是很明显吗？你没看见我的QQ签名吗？从认识你那天就改了。

他的签名明晃晃写着四个大字：遇见橘子。

我长叹一口气，顺手回了一句：他以前也把他的QQ签名改成过我的名字。

大叔酸溜溜地说了句：你还挺长情的。人家不都说要好好学习去了嘛。你还念着他有什么用？

我的自尊被大叔一击即破，也忘了阿苏的警告，直接顶了回去：你懂什么？

他回道：我是不懂。不过走了的就走了呗，考虑考虑我啊。

29 >>>

大叔和我表白后，我辗转反侧想了一晚。

也说不清楚当时的脑回路是怎么回事，我爬起来给Z先生写了封长信，主题思想是：阿如跟我表白了，你希不希望我和他在一起？如果你说好，我就答应他。

大概是想垂死挣扎一下，或者是想马上刺激一下Z先生。

周五放学，我在校门口看到他正准备上公交车。我冲上去拽住Z先生，一把把信塞进他手里。

当晚阿苏打电话给我，说Z先生托她转告我一句："随你。"

虽然只有短短两个字，可是杀伤力有十级。意思是随便我怎么样，都和他无关。

"你到底问了他什么呀？"

"没什么。"

我气呀，气得当晚哭到差点断气。大叔给我打电话时，我还没收住，一口气把这段时间来有关Z先生所有的委屈、伤心、不甘都说了出来。

大叔还挺讲义气，听我絮絮叨叨说了两个小时，中间还得变着法儿安慰我，省得我哭得喘不上气。

末了，大叔说了句话把我逗乐了，他说："我咋觉得一不小心被你变成闺密了呢。"

"本来就是啊。"

"所以你这是拒绝我了吗？"

"对不起……"

"哎呀。没事，听你不停说Z这个说Z那个，我就知道我没戏了。别难过了，如果那个男生错过你，是他没福气。"

后来不记得是谁告诉我，那晚Z先生在QQ空间里发了一篇新日志。

日志的内容是周杰伦《开不了口》的歌词。

“就是开不了口 让她知道
我一定会呵护着你 也逗你笑
你对我有多重要 我后悔没 让你知道
安静地听你撒娇 看你睡着 一直到老
这些我都做得到
但那个人已经不是我
穿过云层 我试着努力向你奔跑
爱才送到 你却已在别人怀抱……”

虽然很有可能他发这几句话只是因为他当时喜欢听这首歌而已，但我那时已经自作多情地将自己代入了这个“她”。

死掉的心因为这篇日志又复活了。

没过一个月，我看到大叔的QQ签名变成：遇见××（另一个女孩的名字）。

我在QQ上找他：喂，大叔，你就不能换个招泡妞？

他回：哎呀，书读得少就是这样。你也真是的，拒绝了我还要管我泡别的妞。

我回复他：不敢不敢。去吧，皮卡丘。

30 >>>

中考结束后，我约Z先生出来好好谈谈。

我们去KTV唱歌，我唱了首《三只小熊》。因为我给他取过一个外号叫小熊，以前关系还好的时候，我总是拿这首歌逗他。

“熊爸爸胖乎乎，熊妈妈却很苗条。

熊宝宝很可爱，呼苏呼苏，长大啦。”

这首歌描述的就是我们对未来生活的幻想。

我一边唱一边盯着他。

他回避着我的目光，不敢和我对视。

“你同学录上给我留的话是什么意思？”

“没什么意思。”

“你是不是喜欢我？”

Z先生不回答，默默拉远了和我的距离。

我没打算这么放过他：“你觉得我们现在算什么关系？”

“我想专心读书，考大学。”Z先生答非所问，但又好像回答了我的问题。

我强忍着眼泪，继续咄咄逼人：“那我就等你三年。”

他似乎有点着急了，正色警告我：“别傻了，你根本就不知道三年有多长！”

“我知道三年就是半年的六倍。我能等你半年，为什么你觉得我就等不了三年？”其实有一点Z先生说得很对，那时候我根本不知道三年有多长，我只是因为赌气才那样说。

他被我堵得说不出话来，我把这当成暂时的胜利，信心又提上来了一点，乘胜追击。

“我们和好吧，不要装作不认识。”

他梗着脖子不肯答应，也不拒绝。我们俩就这么僵持着。

我又哭了，哭得歇斯底里。不是为了逼他就范，就是觉得委屈，为什么自己要在他面前把姿态放得这么低。

Z先生真的很不会安慰人，他就这么看着我哭，但也没有不耐烦地离开。

哭累了的我得给自己找个台阶下，我就倒在沙发上假装哭累睡着了。

那个小包厢沙发很短，我几乎是蜷缩在他身边睡的，像只赖在主人身边的小狗。

又过了一会儿，我的手都枕麻了，我在心里默默祈祷，要不您老人家先走吧，不然这出戏可怎么收尾啊。

突然我感觉耳边痒痒的，他用手指把我散落在脸颊边的头发撩到了耳后。

虽然我紧紧闭着双眼，没敢睁开，但我知道他现在一定在看我。

有一种美好静谧的氛围在这个房间里悄然升起。

偏偏他的手机在这个时候响了，我在心里骂了句脏话。

但只响了一声，Z先生很快摁断了。想来是怕吵醒我，我也很配合，假装没有被吵醒。

Z先生的手指又不安分地去撩拨我的刘海，真不知道我的头发和他结了什么仇，是有点头发挡住就看不清我长什么样了吗？

我听见他轻轻叹了口气，是真的很无奈的叹息。

然后Z先生一边玩着我的头发，一边小声说了句："真不知道拿你怎么办才好……"

我拼命抑制住想要上扬的嘴角。

他说不知道拿我怎么办才好，他想当好学生，但是他又舍不得不理我。我是不是可以这么理解？

那天直到最后他送我回家，也没有给我个明确的答案。

但是我知道，我们已经和好了。

31 >>>

暑假，天气实在太炎热，我们又不愿意一直闷在室内玩游戏，于是决定大清早出去玩。

两个中学生，宛如老头老太太，相约早上八点去生态公园散步。

当天早上六点我就起床了，想给他做个早餐。

我在自家冰箱里翻了一下，觉得唯一……应该……可以搞定的只有速冻水饺。

那时候我从来没有进过厨房，开火都不会，但智商还是在线的，知道先在锅里烧一锅水，然后把饺子放进去就行了。

开火是第一关，别小看只是扭一下的事。煤气灶开关压下去再扭开的那一瞬间，炉火喷出来的感觉就跟要爆炸一样。我脑补出无数火灾场景，跳得老远。

好不容易等水烧开，下饺子是第二难关。我怕烫，所以依旧站得老远，跟玩杂技一样，把速冻饺子一个一个地隔空往锅里丢。除了溅了一台子水，总算有惊无险地把饺子全部下了进去。

等了十来分钟，我感觉饺子应该熟了，对，纯凭感觉。我没有试，怕中毒。

然后就到了最后一关，把饺子夹进便当盒。

我没有找到长筷子，加上本身筷子使得不好，去夹的时候，饺子就跟蚯蚓一样左滑右扭地从我的筷子中掉下去。费了好大劲，才把它们靠着锅沿一个个扒拉上来。

有几个饺子在扒拉的过程中掉到了地上。

我犹豫了一秒，徒手抓起来放进了便当盒，充分发挥了我金牛座绝不浪费的优良传统。

然后我就拎着漂亮的便当盒出发去公园遛弯了。

我们在公园的石桌上打开了那盒饺子。

“我自己亲手煮的哦！”

“看起来好像不错。”Z先生拿起筷子试了一个，“嗯，好吃，你要不要试一下？”

他夹起一个放到我嘴边，而我脑中正在想这是不是掉到地上的那个，于是微笑着谢绝：“不用了，我吃过了。你全部吃完。”

他在我关爱的目光中吃完了一整盒饺子，并且拿纸巾满足地抹了下嘴角：“谢谢。”

“不谢，我告诉你一件事，看在这盒饺子的分上，你不准生气。”

“嗯，我保证不生气。”

“刚打包饺子的时候，有几个掉在地上了，我捡起来一起放进来了。放心，没有超过三秒，能吃。”

Z先生脸色铁青，还是保持了良好的风度没有骂人，自我安慰道：“不干不净，吃了没病。”

32 >>>

高一开学，我们离开了在一起三年的集体，被重新分入到新的班级和寝室。

Z先生挺争气，中考考了全5A，我擦线考了个3A2B。我们分别进了299班和300班，不再隔着一层楼，成了隔壁班的同学。

我们高中绝大多数学生是本校初中部直升上来的，还有少数外校转进来的。

开学第一周，因为宿舍分配问题，我和另一个女生被安排在一个混合寝室暂住。

整个宿舍五个女孩，来自四个不同的班级。而且除了我，其他都是外校转来的。

第一周是军训，没什么繁重的课业。

第一天军训完，我们吃过晚饭后在寝室闲聊。外校转来的学生都在聊入校的感受，难免也会聊到班上有没有帅气的男生。

寝室里有一个女生是300班的，和Z先生同班。

她说她们班里有个男生很高，穿件黄色T恤，长得也挺帅。教官叫人搬桌子，他第一个就上去了，还是教官指定的体育委员。

虽然没有说名字，但我已经隐约有预感她说的是Z先生。

果不其然，室友姑娘下一句说的就是：“名字好像叫Z。”

我默默闭上嘴，抱着膝盖坐在自己床上偷笑。

在荷尔蒙爆棚的年纪，其他室友当然不会放过这样一个有话题性的八卦。

加上我这个室友姑娘本身也是个美人胚子，大家就开始怂恿她：“那你还不快下手，先下手为强啊！”

室友姑娘摆了摆手：“算了吧。我听说他有喜欢的女孩子，就在隔壁班。”

我后背一凉，好像做了什么亏心事被抓到了一样。

如果早一点坦白还好，现在这个时间说出来，总感觉在炫耀一样。

“隔壁班？那不就是橘子班吗？”有室友反应过来，看向装死的我：“橘子你知道是你们班的谁吗？”

怕什么来什么。

“啊……这个……”我支支吾吾。

和我同班的室友看着我贼兮兮地笑，其他室友瞬间反应过来。

“橘子，不会就是你吧？”寝室一下就炸开锅。

我感觉和Z先生同班的那个室友姑娘有些尴尬。

“啊……那个……就是玩得比较好。”

这个话题被带过去。

我悄悄地躲在被窝里给Z先生发了一条短信：我们寝室的女孩在讨论你呢。

——哦？是吗？说我什么？

——说你长得帅。

——嗯，是实话。

33 >>>

二〇〇八年，恰逢学校百年校庆。

那段时间学校天天晚上放烟花。

晚自习一下课，我们就会冲出教室趴在走廊上看烟花。

我从小就有个怪毛病，喜欢许愿。

向烟花许愿，向星星许愿，向大海许愿，向一切美好的东西许愿。

烟花虽然只有短暂一瞬的生命，却拥有永恒的美丽，在我心目中是象征着幸福的存在。

我们还没有闹掰的时候，我还试过在烟花升空绽放的一瞬间拉着南瓜大喊大叫："烟花，快点送我一个白马王子！"

南瓜一脸看智障的表情看着我："烟花又不是聋子。"

其实我是故意把愿望喊得很大声，因为我知道Z先生当时就站在楼上。

他和我站在一条直线上，头伸得长长的，正望着我笑。

我有点挑衅地抬头仰着脸回应他的目光，复而又转头对烟花大喊："烟花，我喜欢你！"

有个人脸都红了，像乌龟缩回壳里一样躲回了教室。

喂，听到没？烟花，我喜欢你。

34 >>>

我写日记的时候会标注天气。

但是这个天气并不是真正的天气，而是Z先生的表现晴雨表。

晴天：Z先生今天表现很好。

阴天：Z先生犯傻，惹我生气。

雨天：Z先生做了大错事，让我伤心哭脸。

彩虹：Z先生给了我一个惊喜。

一个日记本里有百分之八十的晴天，其余时候阴雨天和彩虹交替出现。那时候不懂，一个人的喜怒哀乐怎么可以完全由另一个人牵动。

35 >>>

有一年冬天，圣诞节。

当时年级里十分流行织围巾，我琢磨着要送他一条亲手织的围巾当圣诞节礼物。

周末和朋友去精品店选毛线，朋友们都建议我选黑色、灰色一类适合男生又百搭的颜色。

但我偏不，我的审美比较独特。斟酌之后，我决定买个墨绿色。是不是听起来就很高级？

店主给我拿了两坨看不出什么颜色的毛线，告诉我等我织完就看得出这是墨绿色了。

我欢喜地付了钱，然后开始了为期一个月的织围巾长征。

织围巾真的是个难事，天生手残的我织出来的围巾，上面的洞可以伸出去一个拳头。同桌笑我不是在织围巾，是在织渔网。

拆了又织，反反复复，磕磕绊绊总算是赶在圣诞节前织完了。但是毛线好像不太够，等打完最后一个结，我拿它在脖子上比画，问同桌："是不是有点短？"

同桌说："这个长度大概刚好给Z当护颈。"

最关键的是，它根本就不是我想象的那种有着高级质感的墨绿色。

它是一种灰中带黄，黄中又带点绿，仿佛压在箱底十年后拿出来的旧物一样的颜色。我想了很久，给它命名为：鸭屎色。

有时候，人追求的就是那种仪式感，亲手为喜欢的人做一顿早餐，或是为他织一条围巾，至于内容最终是什么样子，这不重要。

虽然不满意，我还是硬着头皮送出去了。

Z先生好像还挺满意，天天围脖子上，围了整整两年。

后来他才告诉我，他也觉得很丑。但是是我送的，能怎么办呢？

那年圣诞节，他送我的礼物是一把谭木匠的梳子。

送梳子有个很美的含义：结发同心，以梳为礼。

36 >>>

我读高一时，阿如大叔读高三，他休学准备出国。

我问他："怎么心血来潮整这一出？"

他大手一挥："江湖偌大，想走就走呗。"

我们猜可能是他打架被开除才打算出国，谁知道呢。

他临走前说要单独请我吃最后一顿饭，周五放学，约在肯德基。

我问Z先生我可不可以去。

Z先生同意了，还亲自把我送到了肯德基门口："吃完早点回家，别让爸妈担心。"

"好。"我没心没肺地跑了进去，想到待会儿可以吃新奥尔良烤翅就有点兴奋。

大叔见到我的第一句话就说："哎哟喂，一个暑假没见，你这是怎么了？发福成这样。"

"你这是怕我待会儿点多了，故意这么说的吧。"

"真的，不骗你。我给你买的礼物可能都小了。"大叔甩了一件上面有个很幼稚的卡通图案的白T恤给我，"你胖成这样估计是穿不了了。"

"谁说的。"我一把拿过来，"T恤连个塑料袋都没有，你该不会是刚刚随手从哪个街边摊子上顺的吧？"

"你大叔我是那种人吗？"

"是。"

我俩互损了一顿，气氛突然沉重下来："真的要走了啊？"

"怎么？舍不得啊？"

"我就是怕你这一句英语都说不通顺的人，出去活不下去。"

"哎呀，船到桥头自然直。"大叔好像总是这样随心所欲，说好听点叫豁达，说不好听点就是缺心眼，"倒是你，终于得偿所愿了哦？"

我故作害羞，但笑得比谁都嘚瑟：“托福托福。”

“少放屁。托老子的福？托我的福你就该不喜欢那小子。”

“我很好，你放心吧。”我知道大叔是因为我跟他哭诉过我受的委屈，在替我不值，所以我反过来安慰他。

大叔长叹一口气：“唉，希望你傻人有傻福吧。多吃两个鸡翅。”

吃完后，我们在肯德基门口告别。

他伸手好像想抱我一下，但我下意识退了一步，他就只是抬起手拍了拍我的头：“好了，就这样吧。再见了。”

那个时候年纪轻，总以为再见之后真的还会再见。

但事实上从那天后，我再也没有见过大叔。

有人说他出国申请没有通过，最后去当了兵。想想也挺适合他的。

再然后就杳无音信，走成了两条平行线。

我和南瓜聊起这件事，她的第一反应是：“牛啊，让Z亲自送你去和喜欢你的男孩子吃饭。你怎么想的？”

“呃，就只是吃饭啊。我什么也没想。”我有点困惑她的反应为何这么激烈，“过分吗？”

南瓜重重点了点头：“很过分。你想想如果Z要去和喜欢她的女生吃饭，还要你亲自送他去。你会开心吗？”

她这么一说，还真是。我很愧疚，一直给Z先生道歉。

“没事，人走都走了。”他的语气很淡定，有种阅尽千帆的淡然。

“人家只是走了，不是死了。”

“都一样。”

37 >>>

高二，我和Z先生选修了同一个课外选修课：电影鉴赏。

这堂课非常轻松，就是在阶梯教室里关上灯看一部电影再写一篇影评。

我和Z先生还有他们班篮球队的同学常年霸占最后两排，看电影的时候开小差，下下五子棋，传传小字条。

篮球队的那几个男生都已经和我混熟了，有时候也会一起打打闹闹。

有一次，Z先生的同班同学大象坐在前面回头朝我扔纸团闹着玩。我扔过去他又扔回来，直到纸团砸到我脸上。

我故意拉着Z先生的手臂撒娇：“大象欺负我！”

他老人家专心在看那部《肖申克的救赎》，随手捡起大象扔过来的纸团丢进抽屉里，没有搭理我们这些小打小闹：“别理他就是了。”

我有点小失望，心中的小九九迅速上升到“有人欺负我，他也不会为我出头”的高度。

大象看我们没有把纸团扔回去，朝我做了个鬼脸就转过身看电影去了。

电影接近尾声，同学们稀稀拉拉准备散场。

大象刚准备走，Z先生突然从抽屉里掏出一堆纸团，丢到他头上。

丢完拉着我就跑，留下一脸迷茫没反应过来的大象。

我想到大象发蒙的样子就笑得不行，Z先生弹了一下我的额头，十分霸气地说：“只有我能欺负你。”

38 >>>

周五放学，Z先生要和篮球队几个男孩子一起去隔壁五中打友谊赛。

他邀请我：“一起去吗？”

“去去去，当然去。”我点头如捣蒜。

尽管当时我有门禁，五点半放学，晚上七点之前一定要到家。但我还是壮着胆子和妈妈说今天值日做卫生，要晚点回。

然后我开开心心地和Z先生坐公交车去了邻校。

五中的大门进去有一条笔直宽敞的林荫道，他们周五也有大扫除，所以不少学生在自己班级的公共区有气无力地扫树叶。

一群平均身高在一米八以上穿着统一篮球服的男生走在一起，这在高中绝对是个很酷的事情。

尤其是客场作战，就更有种孤勇的英雄气势。那条林荫大道硬生生被我们走出T台的感觉。

而一群一米八的男生中站着一个一米五的我，又是一种别样的风景。用现在的话来说，叫“团宠”。

我走在Z先生旁边，眼里只有Z先生，全然看不到其他人。

大象在旁边戳了我一下：“好多人在看Z哦。”

我这才依依不舍地挪开了我的目光扫向旁边。

果然有些花痴小女生拿着扫把在偷偷看Z先生。

开玩笑，比花痴还没有人能比得过我！

于是我又偷偷靠近了他一点。

到了篮球场，Z先生拿出一张钞票给我：“麻烦你去旁边的小超市给大家买点水。提得起吗？”

“没问题！”我秀了秀并不存在的肱二头肌。

五分钟后，我提了一袋矿泉水回来，其中只有一瓶是可乐。

我有个固执的念头：给他的一定要和给别人的不一样。

比赛正式开始前，他把他的毛巾交给我：“坐在旁边等我，看到球来要躲开。”

“知道啦，我又不是白痴。”

我全程站在场边抱着一瓶冰可乐和一条旧毛巾，就像拿着奖杯站在领奖台上一样，享受着来自四面八方羡慕的目光。

中场休息，Z先生会跑过来从我的手里接过毛巾和饮料。

这时候，我能感受到四周落在我身上的目光格外炽热，我的虚荣心由此达到顶峰。

我喜欢你不够，我希望全世界都喜欢你。

全世界都喜欢你，而你只喜欢我。

39 >>>

二〇〇八年，湖南雪灾。

一场非常非常大的雪，闹得全省停电，许多人铲雪救灾。

因为雪灾，全市停课，但补习班还没有停，我仍然要赶去班主任家里补习化学。因为恶劣的天气，我连走路都是走一步摔一跤。

怕轮胎打滑，爸爸已经不敢开车送我。无奈之下，我只能一个人坐公交车去学校。

在车上我委屈巴巴地给Z先生打电话哭诉自己出门这一路摔了多少跤，一点都不想去上课。

Z先生一句话都没多说，就跑到学校来接我放学。

我不知道当时他在大雪中等了多久。

反正中午十二点，我一放学出来就看见Z先生站在我每天等车的公交站牌那里等我，头上戴着的毛线帽子上满是白雪。

神奇的是我跑向他的那一路，居然一跤都没有摔。

我们在雪地里慢慢走着。他一米八几的个头，说是搀扶其实差不多是拎着我，我好歹没有摔跤。

我们俩的家相隔很远。

Z先生陪我坐公交车将我送回家，再自己回家。

其实这过程很简单，再无其他，但我欢喜得不得了。

你担心我，所以你来了。

不为任何其他事而来，也没有精心准备什么惊喜。

事实上Z先生也没把这当什么惊喜。

他后来解释说，他只是怕我一个人摔死在路上被雪埋了没人知道……

40 >>>

那年的雪灾对全国人民而言都是场史无前例的大灾难。

但对于我们这群不知人间疾苦的小屁孩而言，不过是一场雪的盛宴。

自从那次以后，每天补课Z先生都会来接我放学。

有一次提前下课，我提议去打雪仗。

在没有一个人的学校操场里玩雪真的是件超爽的事。

雪地白茫茫一片，一点也没有被破坏。

我们齐刷刷地躺在雪地里，拓出一大一小两个人形。那个角度看到的天空，比任何时候都更广更蓝。然后我们在操场上深一脚浅一脚地绕圈走。

我躲在Z先生身后，偷偷朝他身上扔雪球。

雪球“啪”的一下砸在他的羽绒服上，碎成了雪渣。

他立马蹲下来，迅速捏了个大雪球要报仇。

我用一个凶巴巴的眼神瞪着他，他就悻悻地放弃了，把捏好的雪球往身边随手一丢，说："本大爷今天饶你一条小命。"

41 >>>

高二的时候，学校有个"K歌之王"的歌唱比赛。

我和小花鼓足勇气一起去报名参加。

结果初赛的时候，我一首《天亮了》直接唱破了音。

还没走下舞台我就开始哭，唯一庆幸的是初赛是不公开的，在场只有学生会内部的评委和参赛者。Z先生就算来了也只能站在多媒体教室的门外等。

我想就算闹了个笑话，好歹也没在Z先生面前丢脸。

小花在旁边不停地安慰我："没事，别人唱得都跟蚊子哼似的，只有你的声音最洪亮，站在外头都听得见。"

她说完我哭得更厉害了。外面的人都听见我破音了！

出乎意料的是，也不知道学生会那群人哪根筋搭错了，竟然让我进了复赛。

小花说："可能是其他参赛者衬托得好，学生会的人只能差中选优吧。"

不管怎么样，我当时乐得要命。

因为复赛是要买票的，而我参加比赛的目的就是为了进入复赛，站在舞台上为Z先生唱一首歌。

复赛前那一周我每天放学就和小花两个人在操场上吊嗓子。

我还煞有其事地向学声乐的班长请教发声技巧，知道了什么叫丹田运气。

比赛那天下午，Z先生请我去学校食堂顶楼的状元餐厅吃了一顿大餐。

他举起一瓶可乐，豪气万丈地说："预祝你顺利进入决赛。"

那一刻，我有种荆轲出使秦国前的壮烈感，感到责任重大，而我的"高渐离"还全然不知地劝我多吃两口饭。

上台前，我说："把你校服借给我穿吧。"

Z先生直接问我："怎么，你冷吗？"

"不是啦，是幸运物。"

一米八的Z先生把他的校服外套脱下来，披到我身上，还贴心地给我拉上拉链："加油！紧张的话就闭上眼睛不要看台下。"

我就像套了一个麻布袋子一般雄赳赳气昂昂地走上了台。

我在台上觉得双腿发软，但我没有闭眼，死死盯着Z先生一个人。

他有票，但没有坐到自己的位置上，而是一直站在舞台下离我最近的地方。

那一刻，我的眼里只能看到他一个人。

“我们绕了这么一圈才遇到，我答应自己不再庸人自扰。
因为我要的我自己知道，只要你的肩膀依然让我靠……
你每一次的温柔我都想炫耀……”

我唱的是恶作剧之吻的插曲《遇到》，因为我一直觉得自己就像那个傻乎乎的袁湘琴，只会追在江直树的屁股后面跑。

“我们绕了这么一圈才遇到，我比谁都更明白你的重要。
这么久了我就决定了，决定了，你的手我握了不会放掉。”

我也曾经为了这种单方面热烈的情感觉得自卑，可是我告诉自己不要庸人自扰，因为他值得。

最后一个尾音完美地结束，下一个参赛者上台，我几乎是丢下话筒，三步并作两步朝着Z先生奔下舞台的。

“小心。”Z先生看我直接从二三十厘米高的舞台上跳下来，捏了把汗，他怕我摔倒，情不自禁地向前走了几步。

我穿着超大的校服外套，从台上直接跳下来：“这是我送给你的礼物，准备了好久，喜不喜欢？”

旁边我的亲友团，还有认识不认识的校友们都在起哄。

Z先生仿若未闻，笑得满脸得意，回答：“喜欢。”

42 >>>

暑假的时候，我们很喜欢去广州百货后面一家水吧喝东西。

在零几年的时候，那样小资的水吧在三线小城市是很少见的。

一个小小的空间被植物和屏风隔成了三四个区域，有秋千、沙发、格子桌布和假的天窗，布置得像自己家里的一隅。无论外面如何艳阳高照，一走进那里永远是光线昏暗，放着低低吟唱的爵士乐。

我们没有地方去，又想待在一起的时候就会去那里喝东西。

那个bar还有个很好听的名字叫“忘忧吧”。现在想起来，老板娘真是个如安妮宝贝的小说里写的一样，穿着白色帆布鞋的文艺女青年。

“忘忧吧”除了价格贵，什么都好。

一杯西瓜汁要五十块，我们每次点两杯西瓜汁，要在那里坐一下午才感觉回本。

众所周知，我每周的零花钱只有二十块。一百块对于还是学生的我来说已经是天价，但我又不愿意每回都让Z先生埋单。

所以我会攒着几周的钱，攒够的那天就会豪爽地去抢先埋单。平时一块钱都不舍得花的我，只有在给Z先生埋单的时候，抽出一百块钱的姿势格外潇洒酷炫。

假期快结束的时候，我还得带着暑假作业去那里写。

因为点了两杯西瓜汁，我又舍不得走，但那里的光线实在太昏暗了，Z先生就开着手机上的手电筒让我写暑假作业。

我想那个总是坐在吧台的年轻女老板应该对我们印象很深刻。

一整个夏天，每次只点两杯西瓜汁，打着手电筒待在里面写暑假作业的少男少女。

43 >>>

阿苏在我们同龄人中算是思想最成熟的一个。

读书的时候，她就语出惊人："爱一个男人的极致就是愿意为他生一个孩子。"

那个年纪，哪里听得了这样露骨的话。我们一个个脸羞得通红，要她别胡说。

阿苏一脸理所当然地看着我："橘子，难道你就没想过为Z生个孩子？"

"没……没想过。"我吓得连连否认。

那个下午的思想品德课，我和坐在前排的南瓜开小差传字条。

南瓜突然问：你有没有想过以后给自己孩子取什么名字？

——唔，我想生一对龙凤胎。哥哥叫Z相濡，妹妹叫Z以沫。相濡以沫，是不是很好的寓意？

南瓜：还说你没想过为Z生孩子。

被下套了。

不过现在回想起来，阿苏真是个哲学家。

44 >>>

我们读中学的时候都是在学校寄宿，每周末回一次家。

有一次周日返校之前我们在花鸟市场闲逛，我看着橱柜里一只全身纯白色的小奶狗不肯走。

Z先生知道我妈最怕狗，家里养不了，宿舍也不准养。

他说："别看了，你要想养宠物我送你一个别的。"

Z先生给我买了一只小仓鼠，身上有橘色的斑纹，所以他给它取名叫橘子。

"橘子很小，可以装在笼子里，你藏在宿舍养，老师也发现不了。"

我们欢欢喜喜地提着橘子坐公交车去学校，橘子一开始就让我见识到了什么叫仓鼠是液态的。

它趁我们不备直接从笼子缝里钻了出去，在公交车上乱跑。

Z先生和我满车厢抓它，就跟演闹剧似的。我们生怕它被人踩死或者溜下车。

好不容易Z先生抓住它塞回笼子里，气喘吁吁地跟我吐槽："小橘子怎么跟你一样皮？"

我们用校服外套包着它才一路安稳地运到学校。

那一周我每天下课回到寝室后都在寻找橘子，它总是可以从笼子里钻出来藏在各个意想不到的角落。

终于，一周后，我彻底找不到它了。

我与我第一只宠物就这样“母子缘尽”了。

没过多久，我还是想念在橱柜里看到的那只小奶狗，于是偷偷省下一个月的餐费去把它买了回来。

这次我抢先给它取名叫陶陶，是Z先生名字的谐音，也有快乐的意思。

我把陶陶藏在寝室厕所里，每天下午下课就带它去操场遛弯。

Z先生给陶陶买牛奶和火腿肠，还陪我一起去一个走读的同学家里帮陶陶洗澡。

冬天洗完澡要用吹风机吹干它的毛发。陶陶当时只有两个月大，那个吹风机的风力过大，打开的一瞬间就把它从洗手台上直接吹了下去。

还好陶陶没有摔伤，但还是把我们吓得够呛。那种心情就跟第一次当爹妈似的。

可惜好景不长，没养两天就被宿管阿姨发现了，她责令我马上把陶陶送走。

我不敢送回家，只好暂时放在学校的门卫大叔那里寄养，每天下课去看望它一下，准备等周五放学的时候，让Z先生抱回他家养。

结果还不到周五，门卫大叔就告诉我们陶陶得感冒死了。他直接把它扔了，我连它最后一面都没见到。

为此我哭了一下午。

Z先生安慰我说：“也许门卫大叔是看陶陶可爱，把它送给别人了，故意这么骗我们的。”

“我也希望它还好好活着。”

“我答应你，我们以后再养一只，还叫陶陶。”

“可你不是喜欢猫吗？”

“那就养一只狗一只猫。”

年轻的时候，我们想要的东西不管不顾就一定要马上得到。年纪越大反而越懂得克制。

时至今日，我们有了自己的家，仍然没有勇气下定决心再去养一只宠物。

可能是陶陶和橘子的经历告诉我，宠物就和你的孩子一样，一旦领养就需要对它们负责任。

如果还没有做好这个心理准备，最好还是不要去伤害它们了。

45 >>>

看偶像剧的时候，知道一种说法，男孩子衬衣的第二颗纽扣要送给最爱的人，因为它最靠近心脏的位置。

自从知道后，我就一直在思考找个什么好借口去要Z先生的这颗纽扣。

毕业典礼的时候，大家都需要穿正装在体育馆进行成人宣誓。

宣誓前，Z先生跑到我们班的区域问我想要什么毕业礼物。

我扭扭捏捏地指着他的第二颗纽扣说：“我能不能要你这颗纽

扣？”

“要这个有什么用？”不解风情的Z先生扯了扯自己的纽扣，纽扣纹丝不动，“纽扣没了，这件衣服就穿不了了。”

“呃。那……算了吧。”我也不好意思跟他解释这个矫情到有点弱智的原因。

校长在台上组织各班排队，Z先生回去找自己班级。

知道内情的同桌八卦地捅了下我的手臂问：“拿到纽扣没有？”

我沮丧地摇头：“没有。”

毕业典礼结束后，大家顺着人群走出体育馆。

Z先生拉住我：“给，你要的礼物。”

一件白衬衣从天而降搭在我肩上，他身上穿着一件不知道从哪儿搞来的脏兮兮的校服。

男孩子的思维很简单，Z先生说：“一颗纽扣又没有用，整件衬衣都送给你。”

那件白衬衣被我带回去当了一阵子睡衣，还把第二颗纽扣剪下来用铁线缠在指环上做成了一个戒指。

结婚前，我妈妈给我收拾衣柜的时候，翻出了这件尘封多年早已发黄的白衬衣，问我：“你什么时候买了件这么大的衬衣？尺码买错了吧。”

我想起它的来处，脸都红了。

46 >>>

高一，我生日的前一天晚上，Z先生约我下晚自习在操场见面。

我以为他是要送我一个生日礼物。

结果他两手空空地来，说忘记准备礼物了。

嗯……那时候还不太放得开，淑女风度还是要维持。虽然心里不开心，脸上还是维持着体面的笑容说："没关系。"

Z先生陪我散步，兜了一个好大的圈才把我送回寝室。

我一上楼就看见隔壁寝室的南瓜抱着大熊玩偶站在我们寝室门口，一脸尴尬。

她说："Z先生拜托我偷偷把生日礼物运回你的寝室，放到你床上，给你一个惊喜。"

但百密一疏的是，我们寝室当晚竟然没有人在。

虽说是个只成功一半的计划，但是我抱着比我还大的大熊玩偶还是笑得合不拢嘴。

我以为Z先生会在玩偶身体里藏一个小字条或者卡片什么的，然后写一些感人的话。可就算快把它解剖完了，里面也全是棉花。

周五放学我要把娃娃带回家。

我抱着和我一样高的娃娃走在学校里，而且这只娃娃还是Z先生送的。那感觉要多拉风有多拉风，我鼻孔都快朝上天。

我跟他约定以后每年都要送我一只熊玩偶，后来我家就有越来越多的熊。

这次搬新房，我妈从柜子里翻出来大大小小一堆熊玩偶，一股脑全扔给我："终于可以带去你自己家了。占地方！"

47 >>>

Z先生送的我第二喜欢的生日礼物就是高二那年的钱包。

那天我穿了一条新的背带裙，却在下午去上课的路上掉了一颗扣子。

这让我非常懊恼，本来是想穿新裙子让Z先生看看的，结果出了这种事。

我经过他们班的时候，只能很郁闷地扯着裙子急匆匆地走过去，生怕被他看到。

没想到却被Z先生从窗口一把拉住，他从窗口递给我一个礼盒。

里面是一个很可爱的小熊弹钢琴的钱包。

其实我是很喜欢的，但那个时候心情很焦躁，加上上课铃响了，我只想拿了快点走人。所以脸上的表情很不耐烦，拿了转身就走，连谢谢都忘了说。

Z先生看到我这样的反应好像有点错愕，在我上楼梯后大喊："记得看夹层啊！"

之所以说这是我第二感动的，是因为Z先生终于开窍懂得礼物是要带张小字条的。

他在钱包的夹层里放了一张写有生日祝福的字条：Dear小橘子，看到这只小熊弹钢琴就想到你。生日快乐。

那天晚上，Z先生送我回寝室，我问他："你现在到底算是我什么人？"

他没有回答，后来他才告诉我，他当时想说：我是你可以托付终身的人。

48 >>>

我生日后两个月就是Z先生生日。

为了回报他上次的惊喜，我特意老早就告诉他，我给他准备了一份惊喜，但一整天都没有拿出来。

等到晚上下晚自习，Z先生想喊我去操场散步遛弯。我借口有事，一溜烟跑了。

我跑到教学楼下，他的室友小陆在下面等我，丢给我一件大校服外套："走！"

我把校服罩在头上，跟着小陆一溜烟跑进了男生寝室，就在宿管眼皮子底下。

我们学校校风校纪一向抓得严，女生擅闯男生寝室可是"大罪"。

我的心都快跳出嗓子眼了，生怕大叔喊我站住。

还好宿管大叔沉迷看报，让我这只"小耗子"溜了进去。

他们的宿舍在一楼，此时寝室里还没有人回来。

我第一次看到Z先生的床，明明和别人的床铺比也没有什么特别的，但我就是觉得他的床格外好看些，浅蓝色条纹的床单被套也特别清新。我小心翼翼地坐了一下，感到心满意足。

还没缓过神来，小陆就跑回来说：“来了来了。”

他把门关上，出去拖住Z先生。

四四方方的小宿舍无处可躲，我缩在书桌旁的角落里，姑且自欺欺人地觉得可以挡住。

Z先生推开门的第一秒就看到了正对着门口的书桌旁的我。

他错愕地看了一眼大厅里的宿管大叔，然后赶紧把门关上。

我跳出来大喊一声：“Surprise！惊不惊喜？意不意外？”

“你是觉得这里有个隐身结界吗？”Z先生有点无奈，“难怪叫你散步也不去，在这候着呢。”

“是啊是啊。你看我给你买了什么礼物。”

我拿出一个音乐枕头：“你不是喜欢睡觉时听歌吗？听你同学说你经常戴着耳机就睡着了，耳机一晚上不摘对耳朵伤害很大的。这个枕头可以下载音乐，你以后睡觉想听歌就方便了。而且还是竹质的，一点都不热。”

我当时觉得这玩意儿很实用，Z先生一定可以夜夜使用。

直到后来我亲自试用了一回，那噪音大得宛如广场舞音乐。之后这玩意儿再也没出现在我的视线里。

礼物呢，或便宜或贵都是一份心意而已，但是送礼物的方式可以花样百出。

Z先生把熊玩偶藏到我寝室，我就把自己藏到他寝室。

我真是个天才。

49 >>>

高二暑假过后开学，他突然丢给我一串手链说是暑假礼物。

在此之前，我还没有听过暑假礼物这种东西。

手链是石榴石的，细细小小的像一串葡萄。放在太阳下可以看到水晶般透明的光泽，又精致又可爱。

Z先生送的，我自然宝贝得要命。但手链很软，磕磕碰碰总是会掉几颗珠子。

我同桌每天都可以看见我跟捡垃圾的老婆婆似的，目光始终注视着地上。

“麻烦脚抬一下，你踩到我的珠子了。”

“桌子挪一下，我珠子掉角落里了。”

诸如此类的话，她每天要听十遍。

尽管如此，珠子还是一日日减少，我索性取下来放进首饰盒里没戴了。

直到大学后，有一回晚上要和Z先生的父母吃饭，我打开首饰盒看到久违的手链。虽然这个时候Z先生已经送过我更多别的更贵重更好看的首饰，但这串石榴石手链象征的是那段青葱岁月，让我很怀念，于是时隔五年我再一次戴上它去吃饭。

吃饭的时候，我夹菜时被Z爸爸看到了我手上的手链。

他突然“欸”了一声，然后问Z先生：“这手链是不是你读书的时候，我们去云南旅游买的？”

Z先生说：“是。”

Z爸爸笑嘻嘻地看着他：“原来是送给橘子了哦。”

我的直觉告诉我这句话里面有故事，赶紧追问是什么机缘巧合下Z先生才买下它的。

Z爸爸说他们跟一个团出去旅游，当地有很多这种卖宝石银饰的店子，大人们逛得津津有味。Z爸爸也让Z先生随便挑点喜欢的，Z先生表示自己毫无兴趣，在旁边无所事事地等他们买完。

老阿婆在摊子上随手拿了一串手链叫他：“小伙子，买串手链送给喜欢的小姑娘啊。”

Z先生走过去看她手里的手链，问：“这是什么石头？”

老阿婆说：“这是石榴石，象征忠贞不渝的爱情，是只送给喜欢的人的宝石。”

其实都知道是招揽生意的套话。

但Z先生当下心意一动就买下来了。Z爸爸说一起埋单，他还不愿意，坚持用自己存下来的零用钱买的。

然后这串手链就到了我手腕上，连同着忠贞不渝的爱恋。

50 >>>

记忆中有个很深刻的画面。

当时我不仅记在日记本里，还画了下来。虽然是非常丑的火柴人画风。

那是Z先生为我洗头发的画面。

反正当时的场景是很温馨很温馨的。

那时候，Z先生一个人在学校附近租房住。

我住在校内的宿舍。学校宿舍当时没有装热水器，冬天是没有热水冲澡的。

我们只能每天提着开水瓶去打水。然而女孩子的头发洗起来又特别麻烦，没有吹风机可用，洗完没干容易感冒。

那天下午放学后，Z先生邀请我去他家吃饭，说给我做他唯一会的黄瓜炒火腿。

我看到他的房子里有热水器，就想顺便在那洗头发。

那时候我们远远没有现在这样厚脸皮，在对方面前都是很羞涩的。

Z先生接了一盆热水放在洗手台上，自己就去外间温书了。

我一个人在里面洗头，要知道一个长头发的女生边舀水边冲洗泡沫是有很高难度的。

而且我还穿着厚厚的毛衣，衣袖滑了下来，马上要沾到水。

我高举着手，大声叫Z先生的名字。

Z先生当时还有点不好意思进来，虽然我也不晓得有什么不好意思的，我衣服裤子都穿得好好的，而且大冬天裹得跟熊一样。

我叫了他几声，他才终于慢腾腾地走进来。

我说：“帮我挽一下衣袖。”

他细心地帮我卷了起来，我抬头的时候，一不小心被洗发水迷了眼。

我不停地揉眼睛，结果越来越难受，就手忙脚乱地喊：“好辣。”

Z先生马上用杯子舀了一杯水从我头发上淋下去，把眼睛里的洗发水冲走了。

他看我把自己弄得狼狈不堪，长叹一口气说：“我帮你吧。”

也不经过我同意，他就站在一旁帮我舀水。

那一刻呢，空气突然就变得很安静。

没有手忙脚乱，也没有嗷嗷大叫。

我很顺从地站在那里乖乖让他摆弄，耳根子通红，他可能以为是热气熏的。

他替我舀水的那个场景一直很深刻地留在我的脑海里。我不知道该怎么去描述那样一个场景。

它就像有温度有气味一样，一直温暖着心房，散发出迷人的馨香萦绕在鼻尖。让我想那一刻能静止。

51 >>>

高三毕业，我犹如醍醐灌顶一般意识到当初给Z先生写的日记、信、小字条里的内容有多么羞耻。

我抱着侥幸心理问Z先生：“我这些年写给你的信、字条是不是都丢了？”

“没有啊。我全都收在一个盒子里，好好放在家呢。”

于是，我只能日思夜想找办法怎么不动声色地把它们拿回来。

“我都不记得我当时写了些什么了，你拿给我看看吧。”

“你不用记得，我记得就行了。”

“不是，你不觉得我们最近感情变淡了，需要看看以前的日记找找感觉吗？”

“不觉得，你现在挺好的。”

“你死活不给我看，是不是丢了？所以故意找借口搪塞我。”我用激将法刺激Z先生。

他终于放下手里的书，正视我：“你老实说，你突然非要看的原因是什么？”

我决定坦白从宽：“哎呀，就是太丢脸了，我想拿回来全部烧掉。”

“不准。”Z先生残忍地拒绝了我。

“为什么呀？你都看过了，留着干吗？”

“我要留给我以后的孙子看，让他们来笑话你。”

52 >>>

在我们读中学的时候，“绿茶”这个词还不像现在这样被赋予了那些不太好的含义。

它只是一种最简单的最常见的甘甜的，味道中有些微苦的饮料。

印象中一直有一个画面：两个班同时上体育课，我从小卖部出来看见了Z先生。

户外的阳光下，穿着白衬衣的少年手里拿着一瓶绿茶。

其实，当时他并不一定真的穿着一件白衬衣。

可是如果回忆起初中的时候，我能想起的都是他的那件白衬衣，后来他送给我的那件白衬衣。

从那以后，一直喜欢喝甜甜的红茶的我，开始习惯了微苦的绿茶。

后来在一起很久很久后，Z先生无意间同我说起，其实他从来没有喜欢过喝绿茶，那天只不过随手买的。

可是这么多年来，喝绿茶已经变成了我的习惯。

所有朋友都知道，我最爱喝绿茶。

其实没有关系。就算是我弄错了，这也是个美丽的错误。

这些年来，我有很多很多习惯是关于你的。

并不刻意却很持久。

这就是爱情，最美丽的地方。

我们终会变成对方的样子。

53 >>>

我初中的时候，剪着短发，很叛逆，总想把自己活成不一样的烟火，特立独行，打扮得奇奇怪怪，喜欢做些出格的事，惹父母生气。

后来我认识了Z先生。

是他让我想把自己变得更好，让我想远离那些乱七八糟的生活。

于是我乖乖地穿回校服，蓄起长发。

后来认识我的朋友，都说我很乖巧。他们没有见过我曾经的模样。

我曾问过Z先生："你介意我以前那么叛逆吗？"

他说："不介意。那是认识我之前的你。"

到现在，我们身边的人来了又走，已经换了一批又一批的朋友和同学。可我们就像共生体一样一直未曾分离。

我想大概是因为我们识于微时。

Z先生见过我最初的模样，了解我所有的脾气秉性。

即使在我张牙舞爪，露出黑暗暴躁的一面的时候，他也没有逃走。

因为Z先生认识我的时候，我根本就不是现在的样子，还是个半成品。他参与了我的成长。

看着我从不懂事到懂事，从不温柔到温柔。

所以，他喜欢的是每一个不同时期的我。

他能理解我各种奇怪的话和特殊的笑点，能明白我的坚持、放弃和幻想。

感谢最后你还是选择了我，拥抱了我……

54 >>>

我去外地学艺术的那年。

临走前，我交给他一个小小的日记本。

“我要离开三个月，我们写交换日记吧。回来以后，互相交换，看对方这三个月过得怎么样。”

Z先生第一反应就是拒绝：“我不会写东西，而且我的字很丑。”

“没关系，重要的是内容。”

他很勉强地说：“好吧，我试试。但是学业很忙，不一定有时间天天写。”

“没关系，有什么想跟我说时再写。”

三个月后，他扭扭捏捏地把他的本子给我。

口是心非，明明写得满满的。

虽然都是些琐碎得不能再琐碎的事情，说他月考成绩进步了或者退步了；说他担心我一个人去外地吃不好住不好；说高考只剩不到半年，要我赶紧回来补文化课；说下雪了，他突然想起我没在学校，没有理由去操场散步了。

每次都是短短的一段，没有章法更没有文笔可言。就像我嘱咐过他的，真的是想说什么就写什么，但我看得超感动。

不过字是真的丑，这个Z先生没骗人。

55 >>>

我去学编导完全是心血来潮，可能内心深处也想逃避高考这件事情。

小葵在一中听说我要去外地学艺术，马上跟家里说她也要去。

后来，她和我说："你知不知道我有多打脸？艺考机构的宣传是先来一中再去八中的，我信誓旦旦跟我妈说我才不去学艺术。结果你说你会去，我马上跟我妈说我也要去。"

从某种程度来说，我们当初无意间的一个决定也许改变了彼此一生要走的路。但对于当时的我们而言，不过是多了一段每天同吃同住的欢乐时光而已。

那时候培训学校在市中心，紧挨着一个大商场。楼下有一家二十四小时营业的火锅店，每到晚上十二点以后就半价。

我们几个穷学生每晚熬夜看电影到十二点后，就在群里发个信息：有没有人去吃火锅？然后几个房间同时出来一拨人，浩浩荡荡冲去火锅店。

年纪小的时候，雪碧、可乐加火锅当消夜，吃完还可以回去睡个安稳觉。

连吃一周以后，我们夹菜的动作都变得有些无力。

小葵放下手里的汽水，长叹了一口气："不行了。再吃火锅，我要喷火了。"

我们笑倒一片，从第二天开始，变为吃烧烤。

直到把其中一个男同学吃到肠胃炎住院。

我们在深夜两点去医院看他，还不忘买两串豆皮给他。

虽然后来大家的艺考成绩都没有很好，不过那段挤在同一个床上睡觉，一起看片写影评，深夜过地下通道怕遇到歹徒拿着烧烤串当武器的时光，让人想起来永远说不出后悔两个字。

56 >>>

我艺考期间回家休息了三天。

第二天是周末，还在上文化课的同学们都要返校上课。

我不用去学校，但好不容易回来一趟我又想见Z先生。

于是我和Z先生约好，他返校的那天早上，我们在去学校的半路上见一面。

我定了个早上五点半的闹钟，振动的。

醒来以后，我没有洗脸刷牙，而是在餐桌上留下一张字条：我出去晨练，顺便给你们买早餐。

这是为了防备我爸妈发现我偷溜出去的后招。

然后我偷偷打开门，蹑手蹑脚地溜了出去。为了防止关门声吵醒我爸妈，我连门都只是轻轻关上，没有关严实。现在想起来真是胆大，如果家里进了贼，我大概要被爸妈砍成两半。

严冬的早上，天还是灰蒙蒙的。

我叫了辆摩的，坐在摩托车后面，脸被冬天的风刮得生疼。但想到马上就要见到Z先生，我的心雀跃不已。

这大概是我做过最大胆的事，奔赴去见他的这一路就好像要和他私奔一般。

其实和他见面的时间加起来总共不过五分钟。

他问我在外地过得好不好。

我给他塞了一双新买的手套，让他好好复习，说我还有半个月就能结束艺考回来了。我们一定都能梦想成真！

因为他要赶着回学校上早自习，我要赶着在爸妈起床之前回到家。

所以我们只来得及说几句话。

“再见。”我坐上摩托车后座和他挥手告别。

在家门口，我还没忘记买一屉包子。

回到家，我爸刚好起床去洗手间，看到门口的我，一脸困惑：“这么早你去哪了？”

“睡不着，就出去给你们买早餐了。快点起来吃早餐吧！”

我爸妈还被我突如其来的懂事感动得不行。

57 >>>

学校组织全年级依次去打甲流疫苗，自愿报名。

因为这个疫苗刚刚出炉，并不是很安全，外界传言会引起很多不良反应。

所以我犹豫地排在队尾，思考到底要不要打。

直到我们班的人都打完回教室了，我还在纠结。

小花按着棉签过来问我：“你到底还打不打？”

此时轮到下一个班的人进来打针了，我看到Z先生的身影也在其中。

于是我一咬牙，撸起了袖子。

“打！要死一起死！”

58 >>>

Z先生高三的时候胖了特别多。

我们成日坐在教室里，也不运动，父母轮番送补品。

即使每天走不了几步路，也特别容易饿。

每个人课桌里都塞满了各种小零食，于是Z先生以肉眼可见的速度胖了起来。

可是我当时一丁点也没有发觉。

也许是每天都见，也没觉得他哪儿变了，看到他还是会紧张脸红到不敢直视。

我们高三暑假一起去了广州长隆动物园，同学给我们拍了好多照片。

我当时还把它上传到网上的相册里。

前几天，相册突然提醒我有一段“记忆”。

我点开看到那年在动物园拍的照片，差点没吓死。

Z先生的脸胖得五官都看不到了，我们站在熊猫馆前的照片，他可以和后面的熊猫完美融为一体。 我把照片截图发给Z先生：“原来你也有胖得像个球一样的时候。”

Z先生明显慌了：“你在哪看到的，快删了。”

“不删。留着以后笑话你。”

“呵。我只是胖着玩玩，不像某人一胖起来就再也没瘦回去了。”

“算你狠。”

59 >>>

很长一段时间，我都以为我和Z先生的第一次相遇是因为我在他教室门口转了一圈，被他垂涎美色。

直到后来，有一次聊起对彼此的第一印象，Z先生才告诉我，那不是我们第一次见面。

“更早的时候，早在你没有注意到我的时候，我就注意到你了。”

以下是Z先生视角的描述。

初二的时候，他因为上课讲小话被老师课间抓去办公室谈话。

夏天，老师的办公室开了空调，门都是关上的。

谈完话，他一拉开门就有个小姑娘抱着一堆作业撞进了他怀里。

小姑娘很矮，只到他胸口的位置。

头发乌黑发亮，半长的短发垂在肩膀上，直刘海，有点像动漫里的樱桃小丸子，讲话带着南方女孩特有的软的腔调：“啊，对不起。你先走。”

小姑娘先退后半步，让他走出去。

他得以看清她的样子。相貌平平，脸小小的，有点可爱。

他记住了这个女孩，并且问到了她的名字。

“她是52班的英语课代表，橘子啊。”

这个故事听起来就是一部脑残言情剧的惯用开头，而且还发生在老师的办公室门口。

当然，以上都是Z先生的陈述。我是不承认的。

相貌平平，呵。

不过自从他跟我说了这件事，这件在我的印象中从未发生的事情也渐渐变得清晰了。

我好像因为送英语作业，确实在老师的办公室门口撞到过一个人。但因为他太高了，我压根没抬头去看是谁，只记得对方穿的是件白衬衫。

白衬衫也可能是我脑补的，谁知道呢。

我就是喜欢穿白衬衫的男孩子，所以我整个关于青春的记忆里Z先生都穿着同一件白衬衫。

总之，上帝只是轻轻拨了拨手指头。

夏日午后，从无交集的男孩女孩撞了个满怀，撞进了对方的眼里，心里。

现在想起来，很多事情都是有迹可循的。没有人喜欢上另一个人是毫无缘由的，所谓的一见钟情，大概就是那天阳光正好，你穿了件我喜欢的衬衫，我身上有你喜欢的味道。

年少的感情总是那么简单又美好。

十二年后，我成了他的太太。

记忆里一直跑在我前面，风一样的少年在时光的魔法下成了我的先生。

这种感觉如果具象为一部电影，那镜头应该是在一道逆光中，我眼见着少年的背影变宽变长，他疯狂向前奔跑的身影突然停下来。慢镜头下，他转头朝我伸出了手，邀请我和他跑完接下来的那段路。

Part 2　大学：恋爱篇

后青春的诗

01 >>>

上大学后，我第一次去Z先生的大学看他，买了一盒德芙巧克力。

因为听Z先生说过一个特别土的情话："Dove的意思是do you love me?"

第一次去他学校，我不认识路怕坐过站了，一直守在后门，每到一站我就使劲盯着路边的路牌看到哪里了。

那时候我从没自己一个人坐过公交车，后来才发现公交车上有电子显示屏报站名，我就一站一站盯着数，每过一站就觉得离他又近了一点，脖子仰得都酸了，心里却很雀跃。

我见到Z先生时，他们正在准备军训汇报表演。班上的同学要排练华尔兹。

我站在屏风后面看他们排舞，Z先生不仅和别的女生牵手跳舞，还单膝跪地。

我看到他单膝下跪的时候，眉头都打成蝴蝶结了。我们认识这么多年了，我都没有享受过这样的待遇。

我心中十分介意，这可是以后他向我求婚的时候要用的姿势。他怎么可以对着别的女生下跪？！

Z先生排练完过来陪我，看我闷闷不乐，问我："怎么了？"

"你刚和别的女孩子牵手跳舞。"

Z先生挠头，不知如何是好："那是节目要求。"

"可你还向她单膝下跪了，你都没向我单膝下跪过。"我委屈得快哭了。

"你等等。"Z先生跑过去跟他们班长说了句什么，班长还朝我这看了一眼，笑着跟他比了个"OK"的手势。

他跑回来哄我："跟班长说好了，我不参加这个节目了，换了个男生代替我，我可以带你去参观校园了。"

"你是不是跟别人说是我不让你参加的，刚刚班长还朝我看了一眼。你这样别人会觉得我是醋坛子的。"

"你本来就是。"Z先生毫不犹豫地给我扣帽子。

看我噘嘴，他才服软哄我："好啦。答应以后只向你跪。"

02 >>>

刚进入大学的第一周，我特别不适应。

无论走到哪里，都可以看到一对对情侣在校园里牵手搂搂抱抱。

回想当初我和Z先生根本不敢这样明目张胆地牵手，只要一起散散步，走着走着看见彼此的影子重叠在一起就觉得很幸福。

上大学以后，我们的距离变成了一个多小时的车程，大半个月都见不到一面。

总会想起读中学时，在校园里随便走走都能碰见对方的时光。

那时候吃完饭，在某条通往食堂或者教学楼的林荫小道上遇见，我们会相视一笑，偷偷低下头。

直到高三我的同学还在取笑我：“你们认识这么久了，怎么你见到他还会脸红？”

“我才没有。”耳根子更红了。

那样的时光好像一去不复返了，让我不由得有些伤感。

03 >>>

大一军训一结束，Z先生就被选进他们学校的模特队。

模特队每隔两天就有训练，平时还有机会出去参加走秀活动。

一群年华正好，身材一流的男孩女孩聚在一起，感情升温得特别快。

开学没过几个星期，他们就经常一起聚餐吃饭。

我们俩的大学虽然同城，但两个学校一南一北有一个半小时的公交车车程，我们硬是谈出了异地恋的感觉。

我周末去Z先生学校看他，他带我一起去模特队聚餐。

模特队里漂亮的女孩子很多，其中一个还是他的同班同学，净身高有一米七八，如果穿高跟鞋可以超过Z先生。

因为同班，又经常出双入对参加活动，虽然他们班所有人都知道Z先生有女朋友，但仍有一种说法，说他们俩很般配。

这话传到我耳朵里，我自然是吃味的，而且不可避免地想要同她比较一番。

年纪小一点的时候我还可以安慰自己是个可爱的小姑娘。

但十七八岁的大姑娘正是爱美的时候，对于美也有了初步的判断。高的，苗条的，前凸后翘的就是好的。

而我就是这些词的反义词。

那次聚餐结束，Z先生去埋单。那个女孩因为要去上洗手间，也一同起身往外走。

我坐在原地，清楚地听到旁边一桌人看到他们两人同时站起身时发出的惊叹声。

“好高啊，真般配。”

Z先生一直不知道这一幕曾对我幼小的心灵造成过多么沉重的打击。

他埋单完回来牵我走，女孩就站在旁边等我们。我死活不想起身，总觉得自己一站起来只有女孩的腰那么高，就像漫画里的小丑一样。

我那时候恨不得砍掉自己的腿重新接上一双大长腿，再减十斤肉才能让自己站在Z先生身边看起来没有那么不协调。

那时候已经流行说什么最萌身高差，我从来不觉得萌，我只觉得羞愧。

这个心结直到四年后我们准备一起出国时才解开。八中广播站的小学弟做了一期电台节目送给我们。节目的结尾是所有学弟学妹对我们的印象和祝福。

小学弟在电台里说了一个故事——

“有一次晚自习下课我和草哥一起送橘子姐回寝室。

“等橘子姐走了以后，我突然觉得身边一个阴影压过来，侧头发现草哥挺直了背，仿佛一下子高了许多。

“我这才发现原来草哥一直习惯性弓着背走路，我说：‘原来你有这么高啊？干吗一直弓着。’

“草哥随口说：‘我不想让小橘子觉得压力太大。’

“那一刻，我遭到了暴击。”

同样遭到暴击的还有我。

这么多年我从来没有听Z先生说过这件事。

原来他一直都知道我的小自卑，并且用他的方式维护着我的自尊。

04 >>>

Z先生每次抱我的时候，一定要弯下腰，弯成虾米的形状，把头靠在我肩膀上，就好像一只大金毛扑在我身上，还贱兮兮地跟我说：“原来你们一米五看到的世界是这样的啊。”

我们去音乐节，被人山人海挤得透不过气。我在各个腋窝下闻着不一样的汗臭味。

Z先生又扬扬得意地说：“是不是很想闻闻一米八的世界的新鲜空气？”

说完没多久，这位一米八的同学一头撞到舞台的铁架上。

我终于抓到机会反击：“某些人吃饭的营养都光长个子不长脑子，脑袋的作用就是为了显高。”

“你赢了。”

05 >>>

株洲方特乐园刚开业，我们在公交车上看到广告决定去玩。

周日回程的时候，临上车之前广播宣布火车晚点两小时。我急得快疯了，我的宿舍有门禁，回去晚了还会记不归宿的处分。

虽然现在回头看记个夜不归宿好像也不是什么大事，但我一向对规则充满敬畏，对破坏规则的事情深恶痛绝。所以我当时心里想的就是无论如何都要以最快的速度赶在老师查寝之前回到寝室。

Z先生二话没说带我去火车站广场问有没有即刻开车的客车。

那些客车趁火打劫坐地起价，明明十几二十一张的车票开价好几百。

Z先生特别大男人地要拉我上客车立刻出发。

我就看不得那些人趁火打劫，硬拉着他回候车室去等。

好不容易等了两个多小时，屏幕上又一次显示继续晚点一小时，这成了压死骆驼的最后一根稻草。

我当时怒摔车票，在人挤人的火车站用全大厅都听得到的声音怒吼了一句脏话，然后跑了出去。

说到底还是年纪小，那一刻是真的情绪崩溃，觉得什么事情都好像在和我作对。火车晚点，客车漫天要价，老师记过，还会通知家长。想想后续的无穷的麻烦，心中十分后悔走这一趟。

其实脾气并不是对Z先生发的，但怒火不小心也溅到了他身上。

当时我也不知道要跑哪儿去，只觉得再在那里多待一秒就会气炸。

我平时偶尔也说脏话，但像那样在大庭广众下怒吼却是头一回。

被其他路人看笑话就算了，但我那个时候从来没有在Z先生面前显露出这么暴躁的样子。

Z先生跑着把我追回来："你先别急，我们慢慢想办法。我一定不会让你被记过。"

我一开始把事情闹得太大，有些下不来台。还好他搬好了楼梯，我自然顺势就下了。

火车总算到了，一下火车，Z先生就跑到广场上去拦的士。对方依然报了个高价，Z先生二话没说帮我把钱付了。

"现在距离你宿舍锁门还有半个小时，赶紧上车，加快速度还来得及。"他把我按进车里，"车牌号码我记住了，你到了寝室就给我打电话报平安。"

那天也是运气好，虽然还是晚了十几分钟，但宿管阿姨被一个社团活动耽搁了一直没锁门。我得以逃过一劫。

所以株洲这个城市让我印象很深刻，那是我们相处多年后，第一次让Z先生那么近那么真实地看到我性格中黑暗而暴戾的一面。

他没有退缩，没有指责那样的我，还耐心安抚了那时暴躁的我。也许只有他懂，我就是个只会嘴巴逞强，遇事就慌的纸老虎。

每当这个时候，平日里温柔没脾气的Z先生就变成我强有力的主心骨。

旅途中总有各种各样的状况出现，但正是因为一同经历了这些，我们才更加了解彼此。

很多人都说旅游和装修是让情侣分手的最佳途径，可是我们每次旅行都只会让感情更加深厚。

Z先生说，那是因为他爱我。

06 >>>

我们去方特的那天，Z先生还在生病，低烧让他一直头昏脑涨。

但因为我们早就做好了计划，他还是坚持陪我去了游乐园。

其实对我这种只敢坐旋转木马的人而言，去游乐园简直是浪费门票钱。

那天一进去，在Z先生的怂恿下，我鼓起勇气和他坐了一次旋转飞椅——他口中所说的最不恐怖的项目。

我吓得眼睛都不敢睁开，椅子飞起来的时候，感觉心也怦怦直跳像要飞出来。

之后他再哄我去坐任何刺激的项目，我都没有再上当。

说来丢脸，我到现在还没有坐过一次过山车。

广州长隆有三个全国最出名的过山车，我们去过不下三次，我都没敢试。

那天，Z先生一个人孤零零地排队坐过山车。我就坐在下面的长椅上等他。

旁边还有一个七十几岁的老奶奶和我坐在同一张长椅上，她在等她的孩子们。

我感觉我的心态老得和这位奶奶差不多了。

Z先生下来的时候，脸色惨白，抱着一个垃圾桶就吐了。

我知道他生病不舒服，所以后来安排的游乐项目都是些只需要坐着看的5D、6D电影。

那天我们最后一个项目是去坐密室飞船。

而我们去之前没多久，恰好听别人说过某省一个游乐场这个项目出故障致使游客被拦腰截断，死的样子像《死神来了》里的画面一样。

但我们还是不怕死地去坐了，结果还真碰上了故障。

本来亮着的屏幕突然熄灭，我们坐在漆黑密封的飞船椅上动弹不得。

刚开始我还以为是正常情况，然后有工作人员的声音通过话筒传了进来，宣布设备出现故障，要我们在原地少安毋躁。

那乌黑的几分钟里，我脑子里闪过很多恐怖的画面。

Z先生偷偷握紧了我的手，虽然他的手有点发凉，但很有力。

他还和我开玩笑说："我们要上新闻了。"

后来不知道过了多久，灯重新亮起来的时候，我觉得整个人像重生了一样。

虽然这算不得什么惊险时刻，但在黑暗中一同度过的那几分钟里，我想过如果是和Z先生一起死在这里，那也没什么好害怕的了。

07 >>>

在早些年间，我们还比较年轻矫情的时候，我和Z先生喜欢玩一个信任游戏——带我走。

就是我闭着眼睛，让他牵着我过马路。

我从小过马路就特别莽撞，总是喜欢猛地冲过去，或者又猛地退回来。这种坏习惯让我有一次差点被一辆公交车撞飞。

后来不管过了多少年，我心里都有些怕过马路。

不记得是什么契机，我突然提出来说我们来玩个信任游戏——我闭着眼睛让Z先生牵我过马路。

这个游戏真的很刺激！

没有试过闭着眼走路的人，是感受不到那种不安和恐慌的。

尤其是明知道自己处于一个比较危险的处境之中，很难控制住自己不睁开眼睛，这几乎是种本能。

可是为了遵循游戏规则，我全程一直死死闭着眼，克服心里的恐惧。

走过马路以后，心里竟莫名地觉得和他更亲近了一分。

后来嫌太矫情，我们长大后就没有再玩过这个游戏。

但有时候在大马路上走到一半的时候，他也会把手搭在我肩膀上说："欸，我闭眼睛了！你要负责把我安全带过去啊！"

我就笑呵呵地像牵了个大孩子一样，把他牵走。

现在，这个游戏已经无关增强信任度，而是出于完完全全的信任、习惯和默契。

带我走，我不怕。

08 >>>

第二次去株洲是大四的一个冬天，我和室友三金闲得无聊心血来潮跑去株洲玩。

Z先生因为第二天要考试没有跟我们一起来。

我从学校去火车站这一路上一直有点莫名的失落感。明明是出去玩，却总有种落下了什么东西的感觉，没有很兴奋还有点不安。

一到火车站，我就一直拉着三金说上次我和Z先生在株洲火车站碰到延误，我发脾气的事。

出站后，看到一个小卖部，三金问我要不要试试冬天吃雪糕。

我一边挑选，一边又喋喋不休地说起我最喜欢吃的美怡乐蛋筒和Z先生最喜欢的美怡乐脆皮有什么区别。

到了方特，我就跟她说我和Z先生上次在这里玩过的哪个区最好玩，哪个4D电影最好看。

我拿出手机给三金看："你看，这是我们当时拍的照片，像不像黑人牙膏广告？"

三金忍不住仰天长叹："Z……Z……哎呀，我的姑奶奶，你已经和我念了一整天他的名字了。你这么想他，我们明天就回去。"

我这才发现我的潜意识就是很怀念Z先生跟我一起在这里的时光，应该说我怀念所有跟他在一起的时光。

不管到哪儿我都会想，Z先生在就好了；看到任何美景，我都希望Z先生能和我一起分享；吃到任何好吃的，我都在想Z先生能尝到就好了。

09 >>>

五年前，麦当劳出了一个儿童套餐，送樱桃小丸子的玩具和小抱枕。

过去二十年，我没买过儿童套餐，嫌难吃。

而且我和Z先生是忠实的肯德基粉丝，为了争K记和M记谁家好吃还能和班上同学吵一架的那种。

可在小丸子面前，我低头了。

近两年，商家不知道怎么突然开窍把矛头对准了一群年龄早就以二开头，又不甘心老去的“小朋友”，打造出成人儿童节的概念。

但在二〇一三年的时候还没有这个概念。六一儿童节那天，我拖着Z先生挤进麦当劳，里面全是小孩子和他们的家长，几乎没有看到我们这个年纪的年轻人。

我们硬着头皮站在被小孩簇拥的队伍里跟小朋友们抢限量的儿童套餐，Z先生脸都红了。

我压低声音跟他说：“如果别人问，你就说你买给女儿的。反正我看着显小，你看着显老。”

Z先生嫌弃地瞟了我一眼，没说话。

“你都不懂我的意思，言情小说里男主角都会把女主角当女儿一样宠爱，这是最爱一个人的表现。不然你以后就叫我女儿吧，把我手机号的备注改成满崽。”我忘了当时是看了哪部玛丽苏小说，那段时间特别执着于让Z先生叫我女儿。

他用看智障的眼神再次瞟了我一眼，然后大手一挥把我推到旁边：“你先去那边坐着等。”

我走开没几步，来了个大叔排在Z先生后面，他顺口和Z先生搭了一句话：“你也是来给孩子领玩具的吧？”

我听到后贼兮兮地在后面偷笑。说你显老吧，还不承认。

“嗯，给我家小朋友买的。”Z先生答得特别自然。

我听着竟十分受用，甜滋滋地跑去占座了。

坐在窗边无所事事地等了十几分钟后，一个放满食物的托盘突然摆到我面前。我回头看到Z先生站在后头，拿着我的樱桃小丸子抱枕举得老高。

“快给我。”我去扒他的衣袖，怎么都够不着。

他笑得十分阴险，然后靠近我说出了三个字：“叫，爸，爸。”

“滚。”

10 >>>

我和我最好的朋友们都有点“五月天情结”。

大三那年，五月天来长沙开演唱会。

大家相约一起去贺龙体育馆圆年少时的一个梦。

Z先生喜欢的是周杰伦和王力宏，对五月天的演唱会并没有很感兴趣。但看我们兴冲冲的样子，自然不能扫了大家的兴致。

学生没有钱，只能买看台票。但五月天很用心，每个座位上都放了应援的荧光棒和纸牌。

在集体大合唱一首歌的时候，阿信让大家打开手机的手电筒，整个会场变成一片星光海洋，异常浪漫。

Z先生侧过头，偷偷亲了我一下。

唱到《拥抱》的时候，阿信又让我们举起座位上的纸牌。

原本拿在手里看不出来有什么的纸牌，全场一起举起来才发现原来拼在一起是条彩虹。

阿信唱《笑忘书》之前说了一段话，大意是说：“拉起你旁边人的手，他是不是你最好的朋友。今后彼此遇到困难，你们愿不愿意像今天这样拉着他的手？这首《笑忘书》献给长大后的友情。”

我和身边的朋友们对视一眼，都哭了。大家哽咽着和阿信一起合唱。

“青春是手牵手坐上了永不回头的火车，总有一天我们都来了，不会遗憾就OK了。”

演唱会结束已经是十一点以后，我们还意犹未尽地在场馆门口回味。

我妈突然给我打电话，我万分心虚地接起来。她听到电话这头沸反盈天，问我在哪。

我不敢撒谎，只得回答在看演唱会。

“这个时间了，你还不回学校。宿舍都锁门了，你今晚住哪里？”

“我们订了酒店，和朋友们一起住在外面。”

我妈在电话那头沉默许久，然后问：“Z是不是也和你们在一起？”

“是。”小Y看我面露难色，知道我妈向来管教严厉，她接过电话和我妈解释：“阿姨，我们大家都在一起。您不用担心橘子，我们都会照顾她的。”

我妈当着同学的面不好发作，但挂了电话后发了一条很长的短信责骂我不自尊自爱，勒令我马上回学校。语气十分尖锐霸道。

我赌气没有听她的，觉得自己已经是满十八岁的成年人了，有足够的判断能力。而且当晚我们一共五个同学睡在一间房里，根本不会发生她所担心的事。

于是我关了机，和朋友们在外面待了一晚。

第二天早上一开机，我妈的电话、短信差点让我的手机瘫痪。

最后悔的事就是在她气头上接了她的电话。那时候刚好在的士上，Z先生送我回学校。

她足足骂了我半个小时，不带重样的，最后一句是：“既然你这么有主见，也不需要父母的管教，你的学费和生活费以后你自己赚吧。好自为之。”

Z先生不知道情况，一直在旁边十分担忧地看着我。

挂完电话，Z先生问我怎么了。我看着他突然“哇”的一声就哭了：“我爸妈不要我了！”

前排的司机都被我突然的情绪爆发吓了一跳。

Z先生耐心地听我哭着断断续续地说完整件事，他也很无奈，只能抱着我的头哄我："乖，别哭了。他们不要你，以后我养你。"

那是他第一次说养我。我们俩还忧愁地计算了一下午，以他每个月的生活费和我每个月的支出，要怎么分配才够两个人用。

虽然最后我爸还是悄悄给我打了生活费，这份计划并没有真的派上用场，但那句计程车上的"我养你"是我听过最浪漫的情话。

就像《喜剧之王》里尹天仇对柳飘飘喊出的那句一样。

11 >>>

有一年情人节我提前返校，Z先生还在老家没有过来。

所以我已经做好一个人在寝室看剧躺着过一天的准备。

下午正躺在床上百无聊赖的时候，接到Z先生的电话。

他说："我室长到你们学校去找朋友，我托他带了一个礼物给你。你去校门口接一下他吧。"

我说"好"，低头看了一眼身上的棉睡衣，内心纠结了十分钟。算了，Z先生的室长也是老熟人了。再说这件睡衣也不丑，天气太冷，就不换了。

于是我穿着粉红点点的大棉睡衣，兜里揣着一串钥匙像只小熊一样去了校门口。

我左等右等也没看到室长大人，就给Z先生打电话："室长电话是多少啊？我没有看到他呀。"

“你转头。”

我回头就看到Z先生捧着一束玫瑰花和一盒巧克力站在我面前：“Surprise！”

“所以你就是那个礼物？”

“怎么？不满意？”

我沉默了一阵，脑中闪过一百个念头都是：我穿的是睡衣我穿的是睡衣我穿的是睡衣。怎么办怎么办怎么办？

旁边约会的小情侣们一个个都精心打扮了，比平时更美几分。我的棉睡衣和Z先生的玫瑰花搭在一起实在是太有喜剧效果了。

“你在这等着。”

“啊？”

我一溜烟跑回了寝室换衣服化妆，十分钟以后感觉自己仿佛换了一个人才下楼。

“你刚上楼干什么去了？”

“你看不出来吗？”我指着自己现在穿着的一身裙装。

Z先生仔细打量了一番，摇了摇头：“换了件衣服？刚刚那件也可以啊。”

“还化了妆！算了，走吧走吧。你需要去看眼科。”我为Z先生这个不懂情趣的理科男而叹息。

Z先生突然冒出一句话：“你在我眼里穿什么都一样可爱。”

12 >>>

有一次我手机没电，拿Z先生的手机发信息给别人。

刚输入自己的名字，后面就自动出现“是哈坨”（方言：是傻子）三个字。

我招手叫Z先生过来：“你平时都怎么跟别人形容我的？”

“可爱聪明又大方啊。”Z先生求生欲很强。

“那你解释一下这个输入法是什么意思？”

Z先生接过去，十分认真又惊奇地左右查看他的手机：“现在的智能手机真的很智能！都有自己的想法了。”

“受死吧！你才是哈坨！”

13 >>>

我们有时候会为了鸡毛蒜皮的事情吵架。

Z先生是个闷葫芦，吵架的时候永远不吭声。

有一次在他学校，我不记得因为什么开始吵架。我从学校大门口一路碎碎念骂到了他寝室楼下。

Z先生说：“等我上去拿个东西，回来你再接着骂。”

事实证明，吵架的时候两人分开冷静一下是有好处的。

我在楼下静思己过，觉得刚刚吵的主题确实有点无聊，但是要我主动向他道歉又有点下不来台，以Z先生这种闷葫芦的性格也不会开口说对不起。

我正在思索怎么缓和一下气氛，Z先生已经“噌噌噌”跑下楼，而且换了一件很正式的白衬衣。

衬衣已经有点泛黄，细微的褶皱仿佛在诉说着时光。

Z先生上来牵我的手说：“走。带你去吃好吃的。”

“大白天你没事换套衣服干吗？”

“你不是说喜欢我穿白衬衣吗？我穿你喜欢的衣服，你就不会那么生气了。”

Z先生永远不会认错不会道歉来哄我开心。

但是不知为什么，我觉得很欢喜。

14 >>>

十八岁的最后一天，我正为明天怎么庆生而惆怅。

和Z先生打电话就跟他撒娇：“给你三秒钟飞到我面前！快点！”

说时迟那时快，一个装着我最爱的KFC烤翅、薯条和巧克力味圣代的袋子从天而降出现在我眼前。

Z先生不知几时出现的，站在我身后说：“我飞过来了。”

我超级夸张地跳起来抱住他：“你怎么来了？”

我们虽然同城，但两个学校之间还是有点距离的，所以平时只有周末才见一面。他突然不打一声招呼跑到我学校来，确实是个小惊喜。

Z先生说："下午没课，今天太阳很好，再说明天是你生日。我就过来了。"

他说了很多理由，唯独没说想我了。

小伙子，想念的人要跑着去见呀！

15 >>>

有段时间看言情小说看到走火入魔，于是整日里碎碎念的内容如下：我男朋友要是有这部小说里的男主角这么帅气体贴，温柔多金……（以下省略一千字举例描述男主角的帅气温柔）我会幸福到哭！！

"你看你看，这个小说里男主角叫女主角宝宝真是温柔死了！帅死了！我也想当宝宝。"然后我作捧脸花痴状。

Z先生面无表情地用看智障的目光关爱地看着我，旋即又神情奸诈地对我说："想要体验一下当女主角的感觉吗？"

我点头如捣蒜："好呀好呀。"

从那之后的一周，Z先生说的所有话前面一定要加上宝宝二字。

"宝宝，今天吃饱了没？"

"宝宝，明天去哪玩啊？"

"宝宝，晚安啦。"

我从刚开始的享受到后来鸡皮疙瘩掉一地。

我就知道，Z先生的存在就是为了毁灭我对言情小说的幻想！

“宝宝，我最近是不是表现得很完美？”

“给我正常点说话！”

“宝……”

“你再叫一句宝宝，我就撕烂你的嘴！”

16 >>>

你知道吗？

喜欢的人身上会有只有你闻得到的馨香。

曾经我一度以为这是种非常矫情的说法。

但实际上，我确实能清晰地辨认出属于Z先生的味道。

他的身上有一种淡淡的牛奶香，那曾是我一度很迷恋的味道。

我记得有一天我饱含深情地问Z先生：“你身上是什么香味？”

Z先生左闻右闻，最后硬是呆愣愣地回答：“洗衣粉啊！”

我就再也“言情”不起来了。

17 >>>

我和Z先生有一个别的情侣鲜有的经历：一起逛妓院。

当然不是真正意义上的妓院，而是长沙靖港古镇的一座古建筑——宏泰坊，在清朝时曾是一座妓院。

里面光线昏暗，挂着红色的绸缎，放着低低吟唱的靡靡之音。

整个宏泰坊里都是蜡像，还原着当初这里的热闹景象。

蜡像太过逼真，加上周围的环境和音乐，就跟进了鬼屋一样。

他倒是还饶有兴致地模仿蜡像的动作让我给他拍照。

我只顾着左看右看，没有听到他说话，他问我在看什么。

“我在观察逃跑路线，如果那些蜡像突然动起来，我们就可以拼命逃命。”

“你想象力太丰富了。”

“你没听说过有人把尸体浇灌上水泥做成雕像的吗？你看这些蜡像的眼睛多真啊。”

Z先生看了一眼身后的蜡像，默默拉起我的手越走越快逃也似的跑出了宏泰坊。

18 >>>

我一直认为我和Z先生是和别人不一样的情侣。

这么说来有点自负，我也说不出来我们有什么特别，但我就是这么觉得。

我甚至不喜欢Z先生跟别人介绍说我是他的女朋友，因为我觉得男朋友女朋友这种普通至极的词，不足以形容我们之间亲密又特别的关系。

但在Z先生看来，我们和别人没有任何不同。

他曾经甚至对我说："如果我们是异地恋，说不定也分手了。"

我没办法否定这种假设的问题。Z先生总是非常理性地分析我们的感情，这个发现真让我有点伤感。

怎么说呢？我和Z先生的性格真的有点像袁湘琴和江直树。

说起我为什么那么喜欢台版的《恶作剧之吻》，即使那么多人说林依晨演得像弱智，即使那么多人是因为郑元畅长得帅而喜欢这部剧，但我喜欢它是因为我切实地感觉到湘琴对直树的喜欢。

她的笑她的泪她面对直树的心情，我当初都有过。所以我会在看这部戏的时候发自内心地笑起来。

我多么喜欢当初那个为爱勇敢的湘琴和自己。

我总是天马行空地幻想我们以后的生活，我们未来的房子要建在海边，要有玻璃顶和落地窗，要有大大的衣帽间。

我们的宝宝要是一男一女，男的是哥哥，女的是妹妹。

我还经常警告Z先生跟我求婚最好给我走点心！不然我一定会拒绝。

我们讨论过婚礼要在哪里举行，要如何特别和盛大。

我幻想的所有东西总是像童话那样完美。

这个毛病在我初中的时候就初见端倪了。

那时候我就拿着青春杂志跟Z先生说，我们圣诞节要像封面上那样过，要有摩天轮、巧克力、大雪和大红色的外套。

这就是看多了言情小说的后遗症。

而Z先生呢，每次听我说我的幻想时就冷冷地告诉我：“你先把托福考过再说吧！”

真是好大一盆冷水啊！

我们就像两个不同星球的人。我是来自土星的，而Z先生是水星人。

前者干燥熨帖，厚重沉稳，它的温柔是来自自身的质感，与外界的温度无关。

后者娇俏妩媚，灵动柔和，一旦降温则冻成坚冰，化成伤人的利剑。

我平时看上去很枯燥无味，但是踩下去却是柔软踏实的。

而Z先生看上去温柔如水，一陷下去却没有底。

事实上，他如果被激怒，往往比我伤人得多。

刚开始我会很生气。我想Z先生一定是不够喜欢我，才会在我说起那么美好的未来时表现得毫无兴趣。

后来我发现Z先生每回出去实习或者当兼职模特赚了钱，就会带我去吃好吃的，或者给我买一件我想了很久的小礼物。

他开玩笑说：“这双手，抱起你就没办法去搬砖养你，去搬砖就没办法抱你了。”

原来我在美美地做白日梦时，Z先生已经在为我的白日梦而努力。

沙土只有灌溉水才能长出生命。

大水汹涌而来的时候，也只有土可以湮灭它。

19 >>>

我的失眠症由来已久。

大概从小学六年级就开始了，其后每隔一段时间就不定期地会失眠。

每到升学考试的时候尤为严重。

我跟Z先生抱怨深夜两三点一个人在床上辗转反侧睡不着是件多么痛苦的事。

从Z先生知道的那天后，他的手机就再也没关过机。

他说：“你睡不着的话就打电话给我，我陪你聊天。”

刚开始我也真的半夜三点给Z先生打电话。

他在电话那头迷迷糊糊地陪我说话，自己都不知道自己在说什么。

大多数时候都是让人提不起精神的：“嗯……”

我也就没兴致再说下去了。

后来我很少因为睡不着半夜给他打电话，只是在半夜两三点睡不着的时候把自己想说的话编辑成长长的短信发给Z先生。

人在半夜的时候就特别脆弱。

寂静的半夜，四下无人，全世界好像就你一个人醒着。这样的时机太适合抒发感情了。

所有关于学习，关于朋友，关于家庭，关于对他的感情，我都用短信事无巨细地说给Z先生听。

那样既不会吵醒他，又让我有一个情绪发泄的出口。

每次写完“小情书”，就好像把心事说给一个树洞听，然后便能安心地睡下。

Z先生在清晨醒来的第一秒就可以收到我的“小情书”。

我也收获了一个在任何时候拨打，都会有人应答的号码。

20 >>>

第一批iPhone风靡的时候，我们早早地拥有了这个潮物。

后来手机更新变化很快，陪我们走过整个中学时期的Nokia被锁进了抽屉，连同它的砌房子小游戏，还有那些舍不得删除的短信。

我还记得换手机的那个下午，我买了个漂亮的笔记本。

准备把我们这些年发过的宝贝短信都抄下来。

最终我没有抄完。

因为实在太多了！

最后我把Z先生发过的第一句“我爱你”工工整整地抄下来，标注上日期写在了笔记本的扉页。

智能手机横行的今天，64G、128G的内存让我们早就没了小心翼翼地筛选要留下哪条信息的烦恼。

但是总觉得好像也没有特别需要我们珍惜的东西存在了。

本子上的那句“我爱你”是永远不会被埋没的记忆。

21 >>>

我是出了名的差一点小姐。

所有的事情都是差一点……

小升初离名校差了零点五分，爸妈出了八千元的建校费。

初升高好不容易达到本校去年3A2B的录取线，我考的那一年又提到了4A1B，爸妈又出了八千元的择校费。

考大学更是爸妈心中的痛，花了一大堆钱把我送去读艺术。

文化线拼了老命上了五百分，却又栽在了艺考上面。

艺考没过，只能上个二流的二本学校，每年学费比别人贵好几倍。

这些年里，多多少少加起来有几十万都随着我的“差一点”打水漂了。

差点没把我爸妈气死。

他们说：“如果你实在是不会读书的料，我们索性就放弃算了。但你每次都差那么一丁点，总让我们觉得还有希望推你一把，下一次又重蹈覆辙。你这孩子命怎么这么差？”

凭良心说，我真的觉得人有时候要信命。

你不能说我没有努力过，但为什么每次都是差一点？

我自己也说不清楚。

Z先生和我相反，虽然他远远达不到江直树那种天才级别，但运气好到爆棚。完全就是个每次都打擦边球，比要求好一丁点的幸运孩子。

他小升初是保送进八中，初升高刚好考了4A1B，考的大学虽说不是第一志愿，好歹也和我分到一个城市来了。到了考托福，我俩明明是差不了几分的成绩，但他拿到的申请还碰到有学校愿意出奖学金录取。

不得不感叹，命运真是不公啊！

我想肯定是Z先生在我身边，偷偷把我的好运都吸走了。

什么“遇见你，竟花光了我一生的运气”，这句话在我身上再适合不过。

有一回谈到这个话题，我撒娇跟他说：“你赔啊！都是遇到你才害得我这么衰。”

Z先生说：“好。赔你一辈子的零食和衣服，赔你一辈子的时间和精力。用我余生，赔你一辈子的好命。”

22 >>>

说个不靠谱的，人世间确实是存在缘分这码事的。

正如我和Z先生的相遇相知相爱相守，感觉都是在冥冥之中注定的事情。

说来你或许不信，能在一起十二年，并不是我们强求来的。

事实上，很多时候我们都顺其自然。

就像我们考大学填志愿的时候，按照《同桌的你》或者言情小说的套路来说，我们应该偷看彼此的志愿书，然后把自己的志愿改成一样的。

可实际上，我们甚至都没有商量一声。

那时候可能太缺心眼，根本没有意识到异地会是多大的问题。

因为分数受限，我填的学校都是长沙。而Z先生的第一志愿在广州，其次在武汉，最后一个垫底的才是长沙。

这些志愿的选择我们事先都没有通气，事后也没想过去问一声要是没分到一块去怎么办？

但命运就是那么神奇，我们并没有考虑的事情，老天爷却替我们做出了选择。

他认为我们应该在一起。

于是Z先生那些明明很有信心的第一、二、三志愿全部落榜，他去了垫底的那个和我在一个城市的学校。

从上大学第一天起，我就知道自己将来是要出国的，但当时也没想过要拖着Z先生一块去。就是在这样毫无预备的情况下，Z先生的父母突然也提出支持他去留学。

我们又顺其自然地一同走上考托福出国的康庄大道。

其实我觉得一对情侣能维持长时间的恋爱关系，是基于两人有同样的人生目标和方向。

备考托福的时候，我妈经常担心我们不能如愿考上，又觉得即使都出去，也很难分到一个地方。但是我们就是如此顺遂地去了一个城市，一个学校。

你若问我命运到底是掌握在自己手上还是老天爷手上？

我觉得还是老天爷吧！

老天爷注定的事，绕多大的弯都会成真。

我想，我们就是那所谓天定的缘分。

平时并不觉得，可回首来时的路才发现，这两个缺心眼能一路一起走有多不容易。

23 >>>

因为高考失利，爸妈从高三暑假就开始谋划着把我送去美国。

但是申请去读大学的时间又太紧张了，最终决定出国读研。

我把这个计划说给Z先生听，当时是想让他做好异国恋的心理准备。没想到Z先生居然直接征得了他爸妈的同意，要和我一起出国读研。

想到我们可以一起出去，不用我孤零零一个人去陌生的国度，就好开心。

我们一起在新东方报了托福课，教听力的王远老师有一次下课无聊调侃我们，问我们是不是一对，还问我们是不是准备一起出国，去哪个国家。

我们说："是的，想去美国。"

他竟然还八卦地追问Z先生："如果你考上了，她没考上怎么办？你会为她留下来吗？”

Z先生说：“也可以，看她。”

24 >>>

大二的时候，我通过面试获得了学校一年的交换生名额，可以选择去西班牙和瑞士。

我翻看瑞士和西班牙大学的宣传册，上面的景色美得像童话一样，让人无比向往。

我打电话问Z先生的意见。

他沉默了很久说：“我尊重你的选择。你想去飞，我不会做你的挡路石。”

于是我和英语系另外一对情侣燕子和阿狸一起选择去西班牙。我们已经商量好一起租房，燕子说要下厨做饭给我吃。

未来好像无比美好，又那么缥缈。

我又给Z先生打电话再三确认，问他们学校有没有西班牙交换项目。

Z先生去教务处确认他们学校只有去英国的项目。我们忧心忡忡地在地图上丈量英国和西班牙的距离。

我经常陷入这样的矛盾中：一边想要每天和Z先生待在一起，一边暗暗羡慕着坚强又独立，可以完成自己梦想的女孩。一边想要看轻爱情拾起梦想勇敢闯一闯，一边又为网上那些关于爱情的帖子而着迷。

在为出国的事情纠结的这段时间，一到清晨我就会想，我要离开Z先生试着自己一个人去西班牙闯一闯！我一个人也可以过得很好啊！我应该要试着去独立！诸如此类的雄心壮志。

可一到夜晚我躺到床上时，我又会发现，还是不行，我离不开他。

老师发信息催我在网上选下学期去西班牙要修的课，但我点开选课页面迟迟下不了手。

Z先生给我打电话，他在电话那头什么都没说，只给我放了一首歌：

“打开窗户，让孤单透气。这一间屋子如此密闭。
欢呼声仍飘在空气里，像空无一人一样华丽。
我渐渐失去知觉，就当做是种自我逃避。
你飞到天的边缘，我也不猜落在何地。
一个我需要梦想，需要方向，需要眼泪，
更需要一个人来点亮天的黑。
我已经无能为力，无法抗拒，无路可退。
这无声的夜，现在的我，需要人陪。”

这个心机鬼用一首歌让我留了下来。

我给燕子和阿狸打电话道歉，两人轮番劝我不要放弃这么好的机会。

我只能很抱歉地告诉他们：“对不起，我已经想清楚对自己而言最重要的是什么了。”

虽然我恨死ETS（美国教育考试服务中心）这个变态了，每天挣扎的时候都想一头撞死，但想到可以和Z先生一起共赴美国，还是咬牙坚持了下来！

25 >>>

在人人网还盛行的时候，我关注过一对学霸情侣。那个男生宛如现实版江直树，收到了包括哈佛在内的所有牛校的offer。

但他最后却放弃哈佛选择了一所全美排名十二的学校，就是为了和女朋友同校。

此事当时在人人网上引发一阵热议，年轻的人们为了爱情欢呼，大家都觉得男生是个有才又勇敢的人。

我想真正让人艳羡的爱情便是像他们这样，优秀到对爱情有选择权，而不是迫不得已，将就半生。

但事情到他们父母的眼里，也许会完全变样。

对父母而言，绝大多数的大人会觉得男生是在自毁前程，为了不靠谱的爱情放弃了最美好的前程。将来势必会后悔，然后互相埋怨。

在这样的问题上，年轻人和父母永远都无法说服对方。

但好在，人生是我们自己的。大多数时候，我们能掌握自己的命运，做出自己真正想去做的选择。

说不能的，只不过是在为自己的逃避找借口。

可是这个故事从某种意义上来说，男生只不过是在很好和更好中做选择，即使是全美十二的学校毫无疑问也是很优秀的学校。

如果是很好与不好之间的选择呢？

就像爱情游戏进入到hard模式，大家突然都没了把握。

说说我自己的故事。

当初准备出国读硕士的时候，因为语言成绩受限，收到的offer，学校很不错，专业却不太理想。

在这样的情况下，Z先生收到了另一所综合排名和专业排名都不错的院校，并且带奖学金录取。

Z先生犹豫了，在思考我们分开去两所学校是不是一件可行的事情。

那几天我们一直在反复商量，正面反面论证这件事的好坏。

“纽约到波士顿只要四个多小时，我每周都来看你。”

“波士顿的房子我帮你租好，你过去就可以直接入住。”

“我开学比你晚，先送你去波士顿安顿好，我再走。”

Z先生想了很多办法来安抚我出国后要异地恋的心情。

其实这本来是件好事，除了这所学校和我们原本打算去的那个学校不同城以外，一切都很圆满。

我说很圆满，并不代表我真的觉得开心。

现在看来很矫情，也就是四个小时的路程，但那时候真的觉得是比天还大的事。

我是个从小到大依赖性都非常强的人，心里一万个不情愿和他分开，独自去异国他乡生活。大二的时候我就曾拿到去西班牙做交换生的名额，为了和Z先生一起考美国我放弃了。而现在他要放弃我自己去别的城市，这对我来说无异于一种背叛。

但是想想他有另一个这么好的选择，我要是做了中间那块挡路石，就算我们能在一起，也许以后我们的心里都会不舒服。

所以犹豫再三我还是打电话给Z先生，对他去另一个学校读书表示支持，但是讲着讲着我无法抑制地哭了起来。

我说：“我支持你去另一所学校，我自己会努力试着照顾好自己。我总要一个人成长的。”

电话那头，Z先生沉默了一阵，然后和我说：“就当什么都没发生，我选择你。”

就这样，他拒绝了那个offer。

这其中不只是三万多块奖学金的问题，而是他为了我，违背了父母的意愿，花了双倍的钱和时间，冒了更大的风险陪我去一个不理想的学校。

虽然我口中反复强调，这是他自己的选择，千万不要说是为了我。但我没说的是，其实我很感动。

如果换成是要我做这样的选择，我真的无法想象自己会有多挣扎。

因为Z先生知道我独立性不强，知道我依赖心重，所以他愿意放弃另一个更好的学校抛出的橄榄枝，留在我身边照顾我。

我会永远记得他的那句“我选择你”。

比所有的“我爱你”都来得动人。

今后在任何这样的双向选择题中，我都会做出一样的选择。

我选择你。

26 >>>

小葵发短信要我们去看《同桌的你》，说很像我和Z先生的故事。

于是我和Z先生在我生日的时候兴冲冲地去电影院围观了一下“我们的青春”。

看完以后，我觉得一点都不像！

“我们当初就是非常平静地上课、下课、中考、高考，每周五放学结伴一起回家都怕得要死。哪有那么轰轰烈烈？电影太假了。”

Z先生说：“你这是吃不到葡萄不吐葡萄皮。”

我呆愣了一下，好像有哪里不对：“吃不到葡萄什么？”

Z先生十分冷静地回答：“吃不到葡萄本来就不用吐葡萄皮啊。”

27 >>>

Z先生到我学校来玩，我请他去食堂吃饭。

他点了一份六块五的饭菜，我递了十元钱给食堂大妈。

大妈问我：“你有没有一块五？”

我翻了下钱包，掏出一块钱说：“我有一块钱，要不要？”

大妈一脸无奈地找了我三块五。

Z先生在旁边目睹全程：“你以后还是充饭卡吧。算找零太难为你了。”

28 >>>

结婚前，我妈找我谈心，语气中多有不甘的意味。

她说一直很担心我嫁过去以后会受委屈。不是因为Z先生不好，而是因为她觉得我太爱Z先生了。

我妈很早以前，我初中时期，她就偷看过我的日记，并且十几年过去了仍然记忆犹新。

用她的话来说就是我爱Z先生爱得死去活来。

虽然我长大后一直不愿意承认这件事，但当我回头翻开我的日记本，看到开头几个字，我就紧紧合上了它，并产生要烧毁它的冲动。

因为开头写的就是“To 我的王子”。

初中时还不太流行骑士这个说法，更没有男神这一说了。王子这个显得有些土味的词，是我们当时能想到的给喜欢的人的最高荣耀。我毫不吝啬地给了Z先生。

但没有爱是永远一厢情愿而不破灭的，我们付出的同时都在索取着回报。

诚然如江直树一般高傲的人最终也会对袁湘琴说出“需要湘琴的人是我，只有湘琴待在我身边的时候，我才能成为真正的自己”。

很庆幸，我的爱情也是这般势均力敌。

当Z先生还是校园风云人物的时候，我为他摇旗呐喊，说我永远是他的头号粉丝。

当我走到台前实现作家梦想的时候，他也衷心为我高兴，说他永远是我的第一读者。

我十三岁就遇到了Z先生，到现在整整十二年。

我的父母总是抓着这一点训斥我，说我太早断了自己的后路，没有给自己机会遇到更好的风景，就匆匆吊死在一棵树上。

如果不是Z先生，我再等等，也许可以遇到更好的更适合的对象。

在未来缥缈不定的情况下，等待似乎变成了更好的选择。

我无法回答他们这样假设性的问题。

确实如果没有Z先生，也许我会有更多更好的选择。

但是，万一……没有呢？万一他就是那个最适合我的人。错过了他，我就再也找不到如此契合的另一半，那我再一直这样等待是为了什么？

我的人生，我的爱人，我的事业都不是等来的，是拼来的，争取来的，经营来的。

我不贪心，也不等待。

我找到感觉对的人就决定了。

我不喜欢左顾右盼，我的时间有限。

我想用有限的时间跟他过更好的生活，而不是用我的时间去找下一个所谓更好的人。

29 >>>

在家过完长假，我爸开车送我去高铁站。

在等红灯的时候，我爸看到路边有个小女孩。他一脸伤感地指着她对我说："你要是还是那么小就好了……"

我想他一定是想起小时候可爱的我，为时光飞逝而感伤。正准备安慰他两句，我爸补充了一句："那时候你就像我和你妈的宠物一样。"

感动的泪水瞬间憋了回去。亲爸才不会把女儿当宠物吧。

我把这个故事说给Z先生听，他大笑以后表示认同。

"这么一想，养你真的像养个宠物。像吉娃娃，小小一只，又黏人，吃得又多。"

30 >>>

大二的某个周末，我和Z先生一起在出去吃手撕鸡的路上，聊起关于未来就业的问题。

我说：“怎么着，读了这么多书，你毕业以后就算没办法做金领，也是从白领做起吧！”

Z先生说：“那不一定，现在有些蓝领也很赚钱啊。”

我随口说：“说得没错，但就算工资高，你愿意去搬砖头吗？”

Z先生几乎想都没想就说：“以后要养你的话，我会去啊。”

我：“……”

我当时什么都没说，转移了话题，其实心中万分感动。

Z先生是个从小就娇生惯养的孩子，中学时跟我出去玩，才走两条街就喊累，要打车。我还笑他是少爷命。

但就是这样一个小少爷想也不想地说为了养我，为了让我过得更好，愿意去做任何辛苦的工作。

31 >>>

上大学以后我长胖了不少，眼见着往胖橘子的路上越走越远。

我每天都很忧愁体重的问题。

以至于有一晚我做梦，梦见我和Z先生还有一群小伙伴在一起玩。

我和一个记不清长相的白衣服女生不小心掉进水里了。

水很深很急，时间只够救上来一个人。

我万万没想到，Z先生站在船上冷冷地说了一句：“救轻的那个。”

然后白衣女生就被捞上去了。

我被流水冲下悬崖，从梦中吓醒，然后打电话骂Z先生。

Z先生说：“听你这么说，梦里那个我还是很机智的。”

32 >>>

为了解决体重的困扰，Z先生和我约定了一个健身计划：每天饭后要在操场上跑步一小时。

当然，对我这种没有自制力的人来说，这个计划当然是“三天打鱼，两天晒网”。

某天天气晴朗，下午又没课，我就早早结束自习换了身新运动装出来跑步。

跑得要断气的时候，接到Z先生的电话，我就停下来走到旁边的树下打电话。

他问我有没有乖乖在跑步。

我难得出来跑一次还刚好被他撞上，当然要大肆炫耀一遍自己跑得多辛苦。

我在打电话，没注意身后有两个六七岁的小男孩突然跑过来偷袭我。

他们拿了一大把碎树叶从我头上撒下来，一边丢还一边说：“新娘子，新婚快乐！”

我一脸蒙，心疼自己的新衣服被弄脏，气得大叫：“我好像不认识你们呀！而且我一个人结婚吗？”

电话那头说：“谁说你是一个人啦？”

我听到声音很近，回头就发现Z先生出现在我右边：“你怎么来啦？”

“来看我的新娘子有没有好好跑步啊。”

33 >>>

小时候你也一定和朋友们一起偷偷幻想过，自己将来的丈夫会是什么样子。

我对这件事的第一印象是小学六年级，我和班花小璇，邻居颖子在放学回家的路上，突然聊起了这个话题：“你以后想找个什么样的男朋友？”

那时候结婚对我们来说还是遥不可及的事，只会偷偷幻想一下喜欢的男孩子的模样。

那是大夏天，即使我们扎起马尾辫，热辣的太阳依然让我们的碎发被汗水浸湿，紧紧贴在脸上。

小璇家住得最近，我们站在她家楼下的煤房前热烈地讨论这个话题，即使汗如雨下，也没人说要先离开。

“我想找个长得帅的，一定要高。这样站在他身边会很神气，没有人敢欺负我。”小璇红着脸小声地说，似乎生怕路人听见会拽着她的马尾辫大喊不要脸。

相比之下，颖子就显得早熟很多。她很老练地教育我们：“男生长得帅有什么用？能当饭吃吗？还靠不住。要我说啊，还是得有钱，我妈说的啊，以后找老公一定要找家世好的，不会为了柴米油盐和你吵架。”

“橘子，你呢？”小璇似乎不太认可颖子的话，但又不想反驳她，于是轻声细语地问我的意见。

我觉得她们说的都很有道理，一时不知道该选有钱的还是长得帅的。长得帅又有钱当然是最好的，但人家又不瞎。

“我啊，想要个温柔的，最好懂点浪漫，能在平常的日子里也会给我准备惊喜。”我的少女心在幼年时期便可见一斑。

就像那时的我们，你一定也曾用过很多词去描绘你爱人的模样，像贴标签一样，“家境好”“温柔”“一米八的高个子”“安全感”“有房有车”“长得帅”。

数不清的标签被我们贴在不同的人身上。

但在你真的喜欢上某一个人之后，会发现也没那么多条条框框。

这个可以取消，那个也无所谓。

就好像即使没钱吃饭，我们可以喝粥。粥的味道也没想象的那么糟糕。

买不起Hermès，我们可以逛H&M。

说这话并不是让你学会委曲求全，退而求其次。

而是当爱情真的来临时，你没有办法控制自己的感觉，有些人说遇到就遇到了。他或许和你预想中的理想男友无一相同，但你的感觉又那么真切肯定。

我以前有很明确的找男朋友的要求。我喜欢长得帅气的男生，喜欢说话温柔的男生，喜欢成熟浪漫的男生。

我最初遇见Z先生的时候，他几乎满足了我所有的幻想。

可是交往过后，我发现这个男朋友简直是个大男孩，说话幼稚得要命，还喜欢在我耳边像唐僧一样碎碎念，一点都不浪漫，给我买过的礼物总是惊吓大过惊喜。就连我曾经引以为傲的帅气，也在时光的流逝中化为泡影。

但奇怪的是，他耍宝犯蠢的时候，我会觉得可爱。他说冷笑话冷场的时候，我会觉得可爱。就连他长胖变圆的时候，我都觉得他很可爱。所以现在很多时候我都会觉得，大概我喜欢的就是像他这样的人。

不把你限制到我的条条框框里，而是让我的要求为了你而修改。

大概喜欢你是唯一不需要理由的事。

34 >>>

我和Z先生都不是自恋的人，但在对方面前就会臭屁得要命。

他自称是小张震，我说你只能是小张震岳。

我夸自己的身材比例是七头身，他说我是五五开。

我们不需要听对方赞美的话，在自夸的路上乐此不疲。

Z先生的大学是偏理工科的，而我的大学偏艺术类。所以两所学校的人在穿衣品位上有很大的差别。

十一国庆放假，我穿着新买的斗篷外套拖着行李箱去Z先生的大学找他一起回家，那个时候斗篷还不是很流行，再加上旁边理工生的衬托，我忍不住夸奖起自己的穿衣品位来。

“你看看，姐就是走在时尚前沿的人，引领潮流！”

“啊？”Z先生没听清。

“我说我是……”

“你等等啊。”Z先生牵着我的手在校园的林荫小道上快跑两步，追上了走在前面的几个一看就是同校的理工生模样的校友。

“好了，你现在可以说了。你刚说你是什么？”

旁边的人都好奇地看向我们。

我：“……”

35 >>>

我和Z先生去台湾旅游，在垦丁租那种趴趴车环岛游。

趴趴车有点类似于电动摩托车，Z先生从来没骑过。

他摸索着转了几圈，都很稳当，就喊我：“上车吧。”

我坐到车后座，趴在他背上，死死地抱着他的腰。

一同去的另一对情侣罗二狗和小丫有过骑摩托车的经验，所以骑得飞快。小丫一直在前面挥手叫我们快一点。

Z先生每次一加速，我就吓得大叫：“慢点慢点。”

整条沿海公路上只有我大喊大叫的声音。

“放心，我不会让你摔的。”Z先生无奈地安慰我。

就算二狗一直在前面笑我们是乌龟，Z先生还是听话地把车速压得很低。

沿海公路的风景很美，但我一点也没感受到，光顾着害怕去了。

骑了一大圈，租车时间差不多到了，我吵着要下车，让他自己一个人再玩玩。

脚挨到地面的一瞬间，我如释重负。

我往租车的店子走，准备先回去等他们。还没走几步，突然听到后面“砰”的一声。回头就看到Z先生的摩托车飞了出去，他整个人摔到草地上还滚了几圈。

太过震惊，我一时都没反应过来是怎么回事。

直到他龇牙咧嘴地爬起来，我才跑过去：“怎么搞的？刚才不还骑得好好的，怎么突然摔了啊？”

“没有你这个吉祥物在后面，车就翻了。”Z先生整个右手臂擦伤了一大片，还不忘和我开玩笑。

后来他跟我说，是我下车以后，他想试着开快点，没想到压到小石子就飞出去了。

“还好你下车了。”他说。

36 >>>

女人最珍爱的，或许是无名指吧。

我们会把情人送的指环珍而重之地戴在无名指上。

据说，古埃及人解剖人体时发现一条纤细的神经，始于无名指，导向心脏。所以，人们相信在无名指上套上指环是爱情的象征。

每个恋爱中的女人都渴望得到情人送上的指环。

它的意义和项链、耳环或其他任何首饰都是不一样的。它是朝向内心深处的，是一种礼赞，用一根血脉直通心脏的手指勾住一个甜美的盟誓。

读大学的时候，我手上有一枚戴了三年的“钻戒”，一直戴在象征订婚的中指上。

其实它不是真正的钻石，但是因为戴得久了，所有人都以为是真的。

即使我否认过很多次，它只是锆石。

妈妈说：“这一定是枚真的，不然你不会这么宝贝地戴了几年不肯取。”

我有些讶然，我固然很宝贝这枚戒指，但并不是因为它是钻戒。

哪怕是枚草戒指或是木头戒指，我也会这么宝贝。

我中学的时候还有一枚用Z先生的木纽扣做成的戒指。

它是《恶作剧之吻》看多了的产物，我一样也非常喜欢。

只是草戒指或木头戒指往往戴不了多久就坏了，所以最后保存下来的只有这枚锆石戒指。

戒指于我而言是非常非常有意义的东西。

和它绑定在一起的词语往往是婚姻、誓言、责任与爱。

除了中学时我向Z先生索要的那枚纽扣被我做成的戒指外，他送我的第一枚戒指是一个银戒指，在大一的圣诞节。

当时我就反复跟他说："你一定要想清楚你到底把我当什么？你送了戒指后能承担得起责任？"

庄重得像是真的要结婚了一样。

现在想来这样的问法有些蠢，不管后来如何，当下都是真情实意地想在一起一生一世。

没过一年，所谓的纯银戒指就氧化生了锈。

因为Z先生这个笨蛋买戒指被人骗了。

然后我们开始一起选购第二对替换的戒指，也就是这个锆石戒指。

虽然当时我们只是学生，但也算小有积蓄。

如果想点办法还是买得起一个真钻戒的。

但一向勤俭节约的我，还是选择了一个以假乱真的皓石戒指。

我想，过早地拥有与我们年龄不相符的东西，虽然很酷，但也丧失了将来得到它的兴奋感。

事实上，我是正确的。

结婚前，我们在Tiffany选对戒，看着闪到晃眼的钻石和贵到吓人的价格，我还是有点犹豫。

Z先生说："已经委屈过你一次，这次只选你喜欢的。"

你用无限浓情蜜意，来做成那迷人的小玩意儿。

那让我戴上光环做天使的，一生只戴一次的小玩意儿。

37 >>>

说到买钻戒，我们还闹过一个笑话。

在Tiffany试婚戒的时候，导购员一直反复问我们："你们确定是这个size吗？"

我们当时觉得很奇怪她为什么这么问，但还是反复试戴，确认就是这个大小没错。

然后结了账，拿着戒指欢欢喜喜地回家。

晚上，和小葵通视频电话给她看我的婚戒。

她问我："你为什么把婚戒戴在食指上？"

"什么？"我举起手左看右看，"这根手指是食指？"

"对啊！小拇指旁边那根手指才是无名指！"

"我书读得少，你不要骗我。"我十分惊恐地重新试了另一个手指，食指的尺寸比无名指大了一圈。

我把Z先生叫过来问他：“你知道哪根手指是无名指吗？”

他指着我戴着戒指的食指，他自己那个指环也戴在同样的手指上。

小葵无语：“不是一家人不进一家门。你们可能是全世界唯一一对分不清食指和无名指的夫妻。”

Z先生打开谷歌搜索了一下。

第二天我们灰溜溜地回到店里要求退换size。

导购员老太太也是一脸哭笑不得：“我昨天就告诉过你们。”

“提示不够明显啊。”

“我以为婚戒戴在食指上是中国的传统。”美国老太太做了个无奈的手势。

38 >>>

见家长总是一个大难题。

表现得太殷勤显得掉价，表现得太高冷又显得不近人情。

在听了无数个朋友的建议（馊主意）之后，我决定还是做自己。

话是这么说，我还是觉得十分紧张。我和Z先生虽然在一起很多年，但他一直告诉我，他妈妈心目中的理想儿媳身高应该在一米六五以上。

我知道大人很介意外表看起来是否登对的问题，最萌身高差这种东西在长辈那里行不通。

生来的短板是无法弥补无法遮掩的，我只能硬着头皮踩了双七厘米的高跟鞋。

那天吃饭我穿着一件银色的缎面露肩小礼服，像要去赴电视剧里的豪门宴会，和湘菜馆的氛围格格不入，大家都用奇怪的眼神看着我。

好在叔叔阿姨都是十分和善的人，第一次见面就塞给我一个大红包说是见面礼。

之后我们又在各种场合见过好几次，我明里暗里地问Z先生，叔叔阿姨到底喜不喜欢我?

Z先生说：“当然喜欢啊。不然第一次见面怎么会给那么大的红包。”

“可是叔叔阿姨除了客套地笑笑，好像都没什么表情，也没有说他们有什么看法。我真的猜不透他们的想法欸。”

Z先生表示他也搞不清楚，只能去套套话。

又一次见面，我刚推门进去，Z先生的妈妈就迎了上来抱住我，拍着我的背说：“橘子啊。好久不见，我好想你啊。”

阿姨的动作和语气都很生硬，但还是硬着头皮说完了。

我一脸错愕，不知道为什么突然会有这一出。

席间，阿姨也一直给我夹菜，嘘寒问暖。

饭后我偷偷问Z先生：“阿姨今天是怎么了？”

“你之前不是说我爸妈表现得不明显，你感受不到他们的态度，我就跟我妈谈了一次。他们这一代人就是不太会表达感情，但她今天应该表现得很明显了吧？”

我有些感动。

老一辈的人确实很难把喜欢啊爱啊挂在嘴边，都是实实在在的人。但是为了让我开心，老人家笨拙而努力地在尝试向我传达善意。

很幸运我遇到这样一家人。

39 >>>

Z先生有个漂亮得跟天仙似的亲姐姐，比他大三岁，和我们是一个中学的。

我们初三的时候，姐姐已经高三。

初中生对高中生本来就有一种莫名的敬仰，何况姐姐还是高中部的风云人物。

所以那时候，每次姐姐来初中部探望Z先生都会在我们年级引起小小的轰动。

我第一次见到她是在我们教学楼门前，姐姐刚给Z先生送完东西出来。

姐姐高挑漂亮，长发飘飘，穿着一件白色高领毛衣，气质很温柔。

“那是Z的姐姐，不去打个招呼吗？以后说不定是亲戚呢。”南瓜开玩笑地怂恿我。

彼时，姐姐根本不认识我。我脑中两个小人在“上前打招呼”和“装作不认识”的选项中打架。

她很快就要和我擦肩而过离开了，我觉得不能就这么放过和姐姐套近乎的机会。

于是脑子一热，在她经过我面前的时候，我突然对她鞠了个九十度的躬，并配上一句中气十足的“姐姐好”！

那画面现在想来要多蠢有多蠢，就像见到黑社会老大似的。

姐姐脚步一顿，停下来对我笑笑说：“你好。”

她是学播音主持的，普通话很标准，语调也令人很舒服。我一下子就戴上了粉丝滤镜。

她走后我一直在想，以后要怎么和这个漂亮姐姐熟悉起来？甚至还脑残地幻想过，遇到一个狗血的车祸，我把她一把推开，我们就此变成生死之交。幼稚得好笑。

姐姐最近邀请我一起出去吃甜品，我们聊起读书时的事。

姐姐说那时候暗恋Z先生的小姑娘很多，但她对我印象最深刻，因为我一见面就给她鞠了一个九十度的躬。

怎么说呢？又庆幸又想挖个地洞钻进去。

40 >>>

大学有一年圣诞节，中学同学聚会。

晚上我们在长沙那挤死人的步行街走来走去。

当时因为修地铁的缘故，那个通向步行街的天桥挤满了人，天知道有多少人挤在天桥上面慢慢地挪。

Z先生开玩笑说：“谁在这儿随便推一下，都会死一片人。”

偏偏我那天踩着十厘米的高跟鞋，歪歪扭扭地走不稳，一直担心会摔倒，然后被踩成人肉饼，所以我死死地拽着Z先生的衣袖。

上楼梯的时候，Z突然把我扯到他前面。

“来来来，让我走后面。你要是被推下来了，还有个垫背的。"

等到下楼梯的时候，他又会很自觉地走到我前面去挡着。

我那天下楼梯还真没踩稳，还好只是个小阶梯。

我撞到了Z先生的背，他个子高，往前踉跄了两步就站稳了。

他扶稳我后，说：“还好。”

41 >>>

我爸妈瓷婚那年，我给他们做了一个PPT。但因为我彼时技术有限，一直插不进音乐。

我不停地尝试，一遍又一遍地发到Z先生的邮箱，让他试试可不可以听到音乐。

发了一晚上，还没弄好，我气得想掀桌子。

我发脾气说：“不搞不搞了，好烦！”

Z先生温柔地安慰我别那么烦，然后接手我的PPT，去百度查怎么解决。一番折腾后，他献宝一样地发给我看，向我求表扬：“弄好了，厉不厉害？”

从这件事后，我发觉自己很多事都很依赖Z先生。

游戏不会装，要他帮我装好。

淘宝买东西，不会申请账号，要他帮我买。

电影懒得下载，要他帮我下。

当时iPhone刚出，我不会下东西，也是Z先生手把手教我装iTunes，帮我申请账号，教我下载。

我有什么不会弄就发个截图给他，他就会百度好方法来教我，或者直接帮我弄好。

事实上，在我问他之前，他也什么都不会。但他不会嫌我烦，而是耐心地帮我解决问题。

就连室友的淘宝网银差了几块钱买东西，我都会要Z先生帮忙转账。

之前也没觉得有什么不对，直到有一次，照惯例又问他什么东西怎么弄，Z先生又一次去查好了网址发给我看。

刚好室友在旁边，就说了句：“他这都理你啊？还帮你找。”

我还没反应过来，为什么不会理我啊？肯定要帮我找好啊。我是他女朋友啊。

室友对我呵呵一笑：“你换个男朋友试试。”

时间一长，我都习惯了这样依赖Z先生，一个电话或者一个QQ消息，他就会帮我解决所有问题。

忘了去感恩，也忘了说声谢谢。

42 >>>

Z先生对吃的东西很有执念。

喜欢吃一样东西就会天天吃，直到吃腻为止。

他对花菜情有独钟到尽人皆知的地步。整个中学时代，食堂阿姨一看到他就会说，“今天有花菜”或“今天没有花菜”。

同学们如果哪天看到他的盘子里没有花菜也会说：“Z今天居然没有吃花菜？”

他还喜欢吃馄饨。

厦门的馄饨很出名，有很多种做法。

我们去厦门旅行七天，他竟然可以连续七天都去沙县小吃吃一碗不同做法的馄饨。

我忍不住问他：“你不会吃腻吗？”

Z先生头也不抬地吃着面前的馄饨：“我很专一的，对你不也是吗？”

“那如果有一天这个世界上，花菜和我只能留一个，你选择谁？”

旁边的朋友听了笑得快岔气：“没想到你居然沦落到和花菜比。”

“……”

Part 3 留学：磨合篇

他是非你不可的那一个吗？

01 >>>

出国那天我们从北京出发，一共提了六个箱子，其中有四个二十八寸的大箱子，还塞了一床蚕丝被。

Z先生的爸妈把我们送到高铁站，由我爸妈送我们到北京。

在火车站门口，阿姨不停地哭。Z先生抱着他妈妈安慰了许久才上车。

一上车Z先生就进了厕所，我爸爸跟过去马上又回来了，悄悄跟我说Z先生躲在洗手间抹眼泪。

那时候我爸妈还陪在身边，我虽然心疼他，但其实我们并不能感同身受。

直到我们到达机场去托运行李，准备要入闸的时候，我妈妈坐在我的随身行李箱上猛擦眼睛，还撇过头去不让我看见。

我爸憨笑着挥手让我别看："你妈就是这么爱哭，没事，不要担心。"

可是他自己也红了眼眶。

迟来的恐慌突然铺天盖地淹没了我。

我要离开我最爱的父母去一个陌生的国度，不仅仅是人生地不熟那么简单，吃穿住行方方面面，我二十多年来养成的所有习惯都要被打破重来。

最可怕的是我一年到头可能见不到父母一面，想当初我念初中住校，离家不过半小时路程，我都哭了整整一个学年。

心里有点打退堂鼓，盘算着如果我现在反悔，不去的可能性有多大。

可时间没给我犹豫的机会，机场广播提示我们尽快进闸安检候机。

Z先生拉着我的手往闸口走，我一步三回头，看见妈妈伏在爸爸的肩头哭得无法自拔。我咬着牙忍住眼泪，不想走得太狼狈。

他们的身影在转角的一瞬，消失不见。

我和Z先生踏上了接驳车，我的眼泪终于决堤。我紧紧拽着他的手："以后我只有你了。"

Z先生最怕我哭了，他手忙脚乱地找纸巾给我擦眼泪，同时紧紧回握住我的手："你还有我。"

那一刻，我突然懂了相依为命四个字。

02 >>>

我们第一次买机票没有经验，提前半个月用一千多美金买了一张转飞迪拜全程要飞三十几个小时的机票。

经济舱的座位窄得吓人，加上长时间的飞行，其实整个过程是件非常非常痛苦的事情。

时差，思家，对飞机餐的反胃，各种不适让我在飞机上一直睡不着，两只眼睛熬得跟兔子似的，干涩酸胀。

在迪拜转机的时候，我连着机场Wi-Fi和爸妈通了个电话，心情总算轻松了一些。

飞波士顿的途中我终于有了困意，不停地打哈欠。

Z先生问我："想睡了？"

"嗯。"

"睡我腿上吧。舒服点。"

我把头靠在他大腿上，双腿蜷缩在自己的椅子里，总算是躺下来了。虽然不太舒服，但已经是长途旅程中最安逸的睡姿了。

我枕着他的腿睡了几个小时，中途模模糊糊睁眼看到Z先生歪着头也在睡，我就又睡了过去。

最后我们是被频繁的空乘服务叫醒的，迪拜航空的菜虽然不合胃口，数量却出奇多，隔不了多久就会送一次餐。

我起身的时候，听到Z先生小声地"啊"了一声。

"怎么了？"

"腿麻了。"

"我给你捶捶腿。"

"你该减减肥。"

03 >>>

我们脚还没踏出国门就遇到了骗子，不是别人，而是自称学长的中国人。

去之前，我们通过大学的新生群认识了一个做房屋中介的学长，Z先生和他联系租房相关事宜。

通过支付宝我们支付了他三千元中介费，然后他就失联了。

那时候距离我们出国只有两三天的时间，再找房子已经来不及了，我俩面临着落地就要流落街头的情况，心急如焚。

我们通过之前他给我们的资料找出了蛛丝马迹，联系到了他所在的那家中介公司。对方说公司根本没有这个人，这个人是利用他们公司招摇撞骗的骗子。

好在后来的室友，一个博士大哥替我们找了个暂时过渡的短租，那家中介公司也很负责地派人来接机。我们这才放心启程。

到了美国后，那位失联的骗子学长又重新联系上了我们，说自己旅行把手机弄丢了，才会失联两周，还若无其事地问我们落地住宿安排得怎么样。

我直接挑明了我们已经知道他是骗子的事情，并告诉他中介公司已经在着手起诉他。

我宛如唐僧念经一般控诉他怎么能骗自己的同胞呢？我们之前百分之百地信任他，还说到美国要请他吃饭，可他就这样回报了我们的信任。

骗子学长被我说得一把鼻涕一把泪，自己主动提出退还我们的三千块钱，当晚就把钱给我们转过来了，还再三解释，自己是一时鬼迷心穷，只骗过一次人。美国的法律很严格，如果被学校知道，他就会终止学业直接被遣送回国，甚至面临牢狱之灾，他希望我们放他一马。

Z先生心软，对我说："要不帮他求求情。"

我们还给中介公司打了电话，试图让对方撤销对他的控诉。

没想到就在这两三天时间里，接二连三冒出来好几起同样的事件，都是新入校的留学生被同一个骗子骗了。

公司表示一定要起诉。

那个骗子哭着给我转发了FBI发给他的信，求求我们帮帮他。

那样子着实可怜，可想想他的行径又着实可恨。

Z先生是个相信世界很美好，每个人都是好人的人。这件事算是给我和他都上了一堂课。

出门在外，不要轻信任何人，哪怕是你的同胞。

04 >>>

我们临时短租的房东老爷爷是一个广东人。他来美国已经四十几年了，只会说一些简单的英文单词和蹩脚的普通话。

我说我可以听懂粤语，他松了一口气，开始用流利的粤语和我们对话。

我从家里带了一些自己写的书法和画的国画，送了两幅给老爷爷。

本来只是个伴手礼，没想到第二天，老爷爷把我拉过去让我看，他把我的画裱起来挂在墙上了。

看到那幼稚的画被挂在墙上，我有点不好意思。老爷爷还很感兴趣，让我给他解释写的是什么，每句诗是什么意思。

当晚他从柜子里翻出一卷老宣纸送给我，说是三十年前他的伯伯留在他家的，他不会写字也用不着，就送给我了。

那时候我和Z先生还没来得及办手机卡，老爷爷就拿自己家的电话给我们："我家电话可以打回国的，你们随便打，和爸妈报个平安。"

老爷爷对我们的关心让第一次背井离乡的我们感受到了家的温暖，但同时也让我感受到了他的孤独。

老爷爷的老伴去年去世了，偌大的房子就只有他一个人和分批次来的租客。

他的女儿和外孙女就住在临街的房子里，外孙女从幼儿园放学后会过来陪他，直到外孙女的爸妈下班吃完晚饭她才回家。

老爷爷还有一个九十岁高龄的老母亲在养老院，每周六他过去探望一次。

按理说该是上有老下有小，子孙孝顺的有福老人。

可是每天早晨起床看见老爷爷一个人拉着把藤椅坐在庭院中晒太阳看报纸直到睡着，也没人给他加床毯子，又觉得他很孤独。

有太多的人为了理想长途跋涉来到这里，为了后代扎根留在这里，最后牺牲了自己的一生，成全了孩子们的未来。

05 >>>

二〇一四年九月一日，我们来到波士顿后第一次搬家，从郊区寄宿的老爷爷家搬到了学校附近的小公寓。

之前半个月一直想来新家看看，却因为各种原因没有来成。

但我一直觉得两千三百美金一个月的房子应该差不到哪里去。

可是我大错特错了，这里是波士顿。

即使两千三百美金可以在美国任何一个中西部小城市租下一整栋house，它在这的价值却只是一栋破烂的小公寓。

我看到它的第一眼，下意识的反应是恶心！

它的前坪是稀疏杂乱的灌木和随处可见的垃圾，门廊里的地毯红中透黑，有两道腐朽的木门和不太好使的锁。

房间内部也是让人不愉快的存在。

你无法想象你花了将近一万五千元人民币，租到的只是一个不到三十平方米，有一百多年历史的老房子。

陈旧的木地板，嘎吱作响的电风扇，窗外对着一片垃圾场。

当着另一个室友的面，我不好意思发作。

关上门我问Z先生的第一句话是：“我们什么时候可以搬走？”

Z先生很冷静地说：“你觉得这里不好吗？我觉得还可以啊。离学校不到十分钟的路程，挺方便的。”

方便你个头。

我慷慨激昂地将我眼里看到的一切描述一遍给他听，这房子在我口中无异于一个贫民窟。

Z先生安慰我说：“既来之则安之。淡定一点，学会欣赏它的美。”

“请问美在哪里？”

他支支吾吾半天，最后只说出一句：“这是我们第一个家。”

06 >>>

当晚我们迎来了到波士顿以来最热的一晚。

波士顿的天气确实很令人不解。

记得我刚下飞机的那个下午，也就是半个月前，我穿两件长袖和一条长牛仔裤依然觉得冷。

但它说热就热起来了，三十几摄氏度的天气毫不逊色于“火炉”湖南。

偏偏我们新家房间的电风扇坏了，一打开就是“咯吱”“咯吱”非常大的噪音，是那种即便关上门都可以吵到邻居的响声。

为了不扰民，我们俩只能关上电风扇躺在床上望着天花板。

我把从国内带来的蚕丝被挪到椅子上，又把自己练书法的折扇贡献出来。但这完全抵挡不了夏夜的酷热。

我们躺下又爬起，去洗手间洗脸，换件短袖睡衣，折腾了半宿，终于两人都进入了迷迷糊糊的状态。

Z先生比我早一步进入梦乡，我一直迷迷糊糊地盯着窗外渐渐亮起来的天空。

我的翻身又惊醒了睡得不熟的Z先生，他的声音有很重的倦意："还没睡着吗？"

"嗯。"我委屈巴巴地回答，想到明早我们还有入学测试，还是进校的第一天。我实在不想用这样萎靡的状态迎接我新学期的开始，于是心中默默再咒骂了一遍这个房子。

Z先生拿起枕边的折扇开始为我扇风。

我以为他扇一会儿就会睡着，也心安理得地摆大字状享受着这闷热的夜里唯一一丝清凉。

但我一直没有睡着，这风也一直没有断。

不知是一个小时，还是两个小时。

他依旧维持着那个姿势，闭着眼睛，手肘一上一下地为我扇着扇子，也不知道睡着没有。

虽然我依旧没有睡着，但心却变得一片柔软。

如果说有哪个瞬间让我下定决心要嫁给眼前这个人的话，这一定算一个。

07 >>>

那一刻，我开始回忆我们俩在一起的岁月里，到底有多少个这样的瞬间。

刚刚在一起的时候，他牵我过马路，下大雪接我放学，天冷时包着我的手掌都能让我感动得记住很久很久。

我也会为他煮爱心早餐，清晨六点骗过爸妈偷偷溜出去和他见面，写下很多日记和情书，里面密密麻麻全是他的名字。

可是到后来，他为我准备的生日礼物我会嫌弃不够贴心。我对他发小脾气，他也不再耐心哄着。

我们每晚睡前会很自然地说："我爱你，晚安。"

"我也爱你，好梦。"

公式化一样毫无情绪波动的回应，不再像从前一般小心翼翼，心跳加速羞红了脸。

但我从来没有怀疑我们的感情已经不在了，它只是进化成了一种更不易被发觉的形态。

就犹如空气，或者水。

需要我们静下心来，仔细去思索和品味，才能发现它的存在。

就像今夜。

我们一日比一日更亲近，也就一日比一日更了解真实的对方。

我不知道恋人之间能在对方面前毫无羞耻心地打嗝放屁算不算好事。但最起码，如网上夸张的说法那样，现如今你看过所有样子的我，那我们俩不结婚就只能杀了你。

或许是因为彼此太熟悉，就缺乏了那颗感恩的心。

他或她为你做的所有事情都变成了理所当然。你对他或她发的所有脾气都变成了理直气壮。

我们都是给得太少，要得太多。

你说，人们对最亲近的人自然没有那么多的耐心。

但我们明知站在面前的人就是你最爱的人，为什么不能拿出对其他人十分之一的耐心和热忱来对他?

你说，在外面对其他人戴着伪善的面具那么久，回来难道还不能卸下伪装休息一下吗?

你当然可以将所有的怯弱和烦恼统统倾倒给他，但是不能把对外人的憎恶和坏脾气积攒回家，给家里那个等着你回来吃饭的人。

这才是和亲密的人之间正确的相处之道。

我们之间也经常会有争吵和嫌隙。但我很庆幸每次争吵过后，我还是有强烈的想要拥抱他的冲动。

我们认识十二年，我就写了Z先生十二年。

写到我再也不想提笔写和爱情有关的故事。

但是我不得不承认，每每都是他给了我写作的灵感。

Z先生做过的一件小事，说过的一句话，会让我突然产生强烈的想法要将它记录下来。

我不奢望我们之间还会有什么惊天动地轰轰烈烈的故事。

若是细水长流，天长地久，也不失为一种幸福。

我们俩在一起这件事本身就是一部美好的轻喜剧了！

08 >>>

刚到美国的第一年，某天夜里我像是有预兆一样地失眠了，睡得很不安稳。也许只是吃多了未消食也不一定。

总之床头的手机连振两下时，我很快就醒了。

二狗发来的信息，两条。

——我和小丫分手了。

——我只是告诉你一声。

明明从字面上来看是再普通不过的话，也许因为我是参与过他们的故事的人，所以透过屏幕莫名也感觉到了一点悲伤。

我一直知道这一天迟早会到来，但是真的到来的时候也没我想象中那么能轻松地接受。

二狗出生于官宦之家，父母专制保守，再三声明他的对象只能是官家的小姐。

在我看来小丫善良可爱，待人真诚，是个值得好好珍惜的女孩。可在二狗父母眼里却一文不值。

听起来像个古代故事，却活生生发生在我们的生活之中，荒唐又现实。

我甚至不止一次因为他们的感情问题而和我父母发生争吵。显然大人总是站在大人那一边。

“你不能说他父母错，他们这么想也是很正常的。”

可是正常不代表正确。

这种错误的三观却一遍遍被现实验证了它的准确性，真是可悲。

按理说我早过了喊着“爱情万岁，其他滚蛋”的年纪。

在某种程度上，我甚至赞同门当户对这种观念，但我仍不能心平气和地接受他们分开。

那种感觉很气闷，就像大人又胜了一局。

他们总是告诉我们，要勿忘初心。

可是爱情的初心是什么？

不就是那个女孩笑起来很好看，我喜欢她。

可是发展到后来，又总是不可避免地要牵扯到柴米油盐、收入和家世。

所以走不到白头，是因为有太多不得不分开的理由。

到底是谁忘了初心？

我想安慰安慰小丫，可是发现这种时候任何“你会好起来”之类的话都是狗屁。

只有故作轻松地跟她说：“天涯何处无芳草，没事，还有一大把帅哥在等着你。”

小丫回我说："可是再也没有二狗呀。"

我就再也接不下去了。

我记得我们在中国台湾旅游时，二狗费了很大的劲在娃娃机里夹了一只狗玩具给小丫。那个娃娃被小丫取名叫二狗子。

二狗从北京来长沙看小丫时，我们在美食街吃饭。

大胃口的二狗刚吃了半碗面就开始打嗝，小丫在旁边狂笑："他是在打饿嗝。"

小丫生日的时候，二狗也曾日夜不眠做过一套手工公主房模型给她，他一路捧着从北京坐火车送到长沙。我猜他应该也曾许诺过以后会给她一个这样的家。

也许因为他们的故事里，一直有我这个旁观者。

所以当他父母带着一种奇怪的自豪感跟别人宣称他儿子只是玩玩，并没有真心要和小丫处对象的时候，我是不相信的。

这种话说白了也不过是家长们的自我安慰，想要维持着他们心中那个听话的乖儿子形象。

虽然二狗这个人小气，霸道，又不浪漫。

但是至少在这段时光里，我相信他们对彼此都是真心相待。

可惜……兜兜转转，最终结局仍然不能免俗。

于他们而言，彼此失去了一个爱人。

于我而言，有什么东西在心里又死了一次。

当晚惊闻巴黎暴乱的事情，无数条鲜活的生命就这样消逝。

默默看了眼旁边在皮椅里缩成一团正在网购的Z先生，这张看了许多年的脸竟然还能让我心生感慨。

想说，谢谢你与我相遇，没有错过。

谢谢你保留了我的初心和最后的信仰。

09 >>>

我有个关系很好的妹妹叫雪儿，比我小一岁，是实实在在的那种传说中的别人家的孩子。

她优秀到什么程度，我随便列举一两条，你便可窥一二。

她小学在家自学跳过两次级，到了中学比同龄人小两岁，成绩依然名列前茅；钢琴早早过了十级，天赋好到中学没毕业，钢琴老师就说要带她去奥地利演出；在我们连新概念英语还没整明白的时候，她已经开始学习西班牙语等小语种，到了可以去当家教的地步。

而且她的性格也好到过分，温驯可爱，让人一眼就觉得她是很有灵气的小女孩。

她高三的时候按照家里早就计划好的那样，去了美国求学。

按照这个路线发展下去，我们都可以预见将来她要走的会是如何光明的康庄大道。升职加薪走上人生巅峰，成为众人仰望的女强人。

没想到她大二那年突然说要休学回国结婚，丈夫比她大了整整十一岁。而且婚后一年他们迅速诞下了第一个宝宝。

当时我们全家都对她这个决定感到震惊。

祝福的同时也觉得有些惋惜。以她的资质，她本该前程似锦，却过早囿于家庭与婚姻。

宝宝刚出生时，我和Z先生一起去广州探望她。

宝宝非常可爱，眼睛大大的和她小时候很像，嘴巴又像她先生。

我笨拙地抱起她的宝宝，看着小宝宝吐舌头，可爱到我舍不得放手。

她先生请我们吃饭，席间谈吐幽默，随和大方，不管是外貌还是内在，都丝毫没有让我觉得这是个年纪比我们大许多的男人。我可以感受到他心里住着一个非常有趣的灵魂。

席间，我和雪儿一起去洗手间，我们站在门口谈心。

“怎么会突然这么急着结婚？”我还是没忍住问出了口。

我以为我会听到一些不可逆的客观原因。

没想到雪儿非常认真地对我说：“我从小到大都按着规划好的路循规蹈矩地前进，我也以为我的人生早就注定。他的出现是我生命中唯一的意外，我想为了他偏离路线一次。”

她说完我觉得太酷了。一个从小温柔到大，乖巧懂事的女孩，为了爱，展现出这么强的韧性。

最关键的是，她这一辈子都清清楚楚地知道自己要的是什么。从学习到婚姻，每一步都走得踏实坚定，没有被外界的眼光所左右。

这种酷和外貌无关，是由内而外的自主。

雪儿现在已经生下第二个宝宝，没有回美国继续她的学业，在家闲时就学学缝纫和设计。

她的宝宝刚学会说话，已经会说三种语言。

她和先生带着宝宝们去北京，去澳洲，去韩国。大宝已经会拿自己的小相机给他们拍照。

她朋友圈最新的视频里，他们正在澳洲，一张大蹦床上，她的先生穿着恐龙的服装从蹦床上快速跑过，宝宝们被跑过去的爸爸震得弹起来，咯咯大笑。

视频里有海边的风声，还有宝宝们和她的笑声……

10 >>>

早就听闻美国的“黑色星期五”，也就是感恩节，各家品牌商户折扣惊人。

我们摩拳擦掌准备去纽约第五大道“大放血”，那热情跟现在国内过双十一是一个架势。

在来美国之前，纽约第五大道就是我们这种购物狂的圣地，再碰到打折，更是天堂般的存在。

所以我们学校一放假，我和Z先生马上坐大巴奔赴纽约。

不巧的是，那天我刚好肠胃炎犯了，上吐下泻很不舒服。

众所周知，美国看病十分昂贵，除非有医疗保险。我有个同学在没买保险的情况下，感冒了去医院检查，花了上千美金。

学校的保险太过昂贵，我买的是校外保险，涵盖的项目十分少，形同虚设。用留学生之间开玩笑的一种说法，这个保险只可以保证你死了以后，帮你把尸体运回国。

总而言之，那时候我们生病都是自己吃药硬抗过去，绝不会进医院。

我躺在酒店的床上吐到虚脱。

朋友问："商店活动马上快开始了，你这样还能走吗？"

Z先生说："要不咱们今晚别出去了。"

我艰难地伸出手："扶我起来，我还能逛！"

那晚，Z先生真的是全程搀扶着我走完了整条街的每个商店。在人山人海之中，我一边和爸妈视频，一边找地方休息，还顺利帮我爸妈和Z先生抢到了三件羽绒服和两双鞋子。

"你自己一样东西都没买，不会遗憾吗？"Z先生问我。

"不会，只要逛了街花了钱就开心！"

Z先生感慨道："女人要逛街的决心真是千难万险也阻挡不了。"

这里还有个小彩蛋，我因为不舒服一直被搀着弓着背走路，居然在人来人往的街上看到了一张在风中飘零无人捡的二十美元。

这应该是我捡过的面值最大的钱了。

朋友说这叫人品守恒，然后让我拿这二十美元请大家打车回酒店。

11 >>>

感恩节的另一个传统是吃火鸡。

来美国之前，我连火鸡长什么样都没有见过，猜测大体和一只烤鸡也没什么区别。

一般情况下，美国家庭会在感恩节这天在家自己做，要往火鸡肚子里填很多不同的料。

但对于留学生而言，我们只是吃个新鲜，便没那么讲究，都是直接从超市买现成的。

但是超市烤的火鸡，肉又柴又没味道。

听说我们班有个男同学特别会调酱，抹在火鸡上味道格外好。

于是我们感恩节假期从COSTCO（美国最大的仓储式超市）提了只现成的火鸡冲去了该同学家。

男同学熟练地把火鸡剁成小块，用酱油、辣椒、老干妈炒了一遍。

每个人都吃得津津有味，只有Z先生特别耿直地问了一句：“这和咱们中国的手撕鸡有什么区别吗？”

我们犹如醍醐灌顶，停下筷子，难怪觉得这么好吃。

嗯，果然中国人拥有中国胃。

12 >>>

去纽约时代广场跨年是我们写下的一定要在美国做的一百件事之一。

十二月三十一日下午，我们已经走到了中央公园附近。

在手机上看到时代广场的实时画面，人多到吓人。

而且从下午开始，那个广场就被围起来只准进不准出，得一直在那儿站到晚上十二点过后。

作为国家一级退堂鼓演员，我和Z先生商量："我们别去了吧？这会挤死吧？万一发生踩踏事件怎么办？恐怖分子最喜欢挑这个时候下手了。"

"嗯。而且还不让上厕所。"

Z先生关注的点永远这么奇怪，但好歹我们达成了共识。

同行的朋友试图用那句万能句式劝服我们："来都来了，不去太可惜了吧？"

"还是命要紧。"惜命的橘子郑重地表示。

"急流勇退才是真勇士。"Z先生对我的决定表示十二万分的支持。

为了安慰没有去成时代广场跨年的我，Z先生带我去中央公园旁边的Lady M（一家千层蛋糕店）买蛋糕。那个时候我们还不知道这家店这么有名。

Lady M的一小块蛋糕要八美金，现在想想好像不算什么，但对于当时还没适应汇率差价的我们来说，觉得超级贵！

我在原味和抹茶之间纠结良久，Z先生直接给我全买了。

他说："让你比较下味道，下次就知道选什么了。"

只有在给我买吃的的时候，我才觉得他特别像霸道总裁。

学生时期的开心真是很简单，几块钱的蛋糕都可以高兴好久，不过也要看是谁买的。

13 >>>

常年脑子不在状态的Z先生，偶尔认真一下都会让我觉得异常感动。

随着我生日临近，Z先生最近给我网购的所有东西，他都会加一句："这是送给你的生日礼物……的前菜。"

嗯，是前菜。他不敢说这就是你的生日礼物了，怕送错了挨骂。他一件件试探，看哪个是我最想要的。

都是些十至一百美元以内的小东西，说贵不贵，说便宜也不便宜。

他中午午休前躺在床上玩手机，突然问我："要不要给你买一把瑞士军刀？"

"为什么啊？"

"之前你自己那一把不是在机场被没收了吗？"

我们有一对情侣款的瑞士军刀，是我从瑞士带回来的，在我们一起去越南旅行的时候塞在包里过安检被没收了。

"对不起，是我忘了提醒你。"那时候Z先生是这么说的，自然而然地把属于我的责任扛到了自己肩上。

我们出去旅行的机票、酒店、餐厅是他预订的。

我们出国办理签证的申请资料是他准备的。

我们出国租房子、交水电费、开银行卡也都是他联系的。

反正稍稍要转个弯，有点复杂的问题都是Z先生去做。

后来我的续签被驳回了一次，要求面签，我气到大哭。

我妈还嘲笑我："一定是你什么都让人家Z去弄，老天爷看不过眼才让你一定要折腾这一次。"

我跟Z先生说："你这样会显得我很没用，我在这家里还有什么作用？"

Z先生开始思考我为这个家做的贡献："我们出国第一年遇到骗子。一个学长冒充租房中介骗了我们中介费，还害得我们在波士顿差点露宿街头。你加了骗子的QQ和他彻谈了一晚上，诚心诚意地跟他说了诈骗的后果。第二天，骗子哭着将骗走的三千块中介费退给了我们。"

"大学党校的小论文都是你帮我写的。"

"我高考作文得高分也多亏你三年来每周五下午的辅导。"

他这么说，我突然觉得自己好像功勋卓越，有点扬扬得意。

"看来，我在我们家是负责动脑子，你负责动手。"

Z先生说："那可不是，你的文笔和口才都是国宝级的，要好好保护！"

14 >>>

我平时活得跟个糙汉子一般，大学社联做活动，抬桌子抬椅子都是我冲在前面。

社联的同学都笑我人小力气大，像个男人一样。

考驾照的时候练车，有一回车子抛锚，驾校师傅还叫我下车去推车。我的力气可见一斑。

但只要和Z先生在一起，我从来没有提过重东西。

而且这件事一直到大学我才发现。

有一次和室友一起去超市买了个大西瓜回寝室。短短几百米路，两个女生抬得手脚发软。

室友感叹说："要是有个男朋友就好了，就能帮忙提东西了。"

我当时觉得室友很奇怪："为什么男生就一定要帮女生提重东西呢？我们自己也可以提啊。"

室友翻了个白眼："那你和Z在一起的时候，是谁提？"

我仔细回想了一下。

好像确实都是Z先生提的。

我们一起去旅行，Z先生会提着所有的行李箱。

我们一起去超市，Z先生出来时只会分给我两袋膨化食品。

我们在波士顿一起搬家三次，Z先生自己跑上跑下搬沙发和床，我被安排在楼下守着家具。

有一次从超市出来，他因为提了太多东西而闪了腰，撑着路边的电线杆，许久直不起腰。弄得我心疼了半天。

后来我就有意识地去帮他分担重物，Z先生不乐意了。

他说：“搬重东西本来就是男人的事。”

莫名其妙的大男子主义。

15 >>>

我们在美国租的房子，家居用品都是我一手操办的。

我是一个会把租的房子当家的人，所以愿意花心思去装扮它。

我买了一床全粉色的Hello Kitty的床上用品，还有粉色的桌布，粉色的墙贴，粉色的开关贴。

二十岁以前我最讨厌粉色，奇怪的是年纪越大越觉得粉色对我诱惑力极大。

其实买的时候并没有刻意追求一定要是粉色，但买回来才发现家里居然渐渐被粉色堆满。

女同学来我们家玩一般都会说：“哇，好温馨。”

但男孩子就会用可怜的目光看着Z先生：“你可以接受吗？”

Z先生说：“她喜欢就好。”

可是这家伙说一套做一套，同学们走后，我让他把我新买的樱花树墙纸贴上，因为太高了，我贴不到。

Z先生说：“我们商量一下，这个家里粉色的东西实在太多了。”

“可是买都买了，贴上吧贴上吧。”我拿出撒手锏——撒娇。

他只有认命地去贴好。

我们从那套房子搬走的时候，我回国了。Z先生一个人搬的家。

他一边搬一边在视频电话里骂我：“都是你！一定要贴墙纸，我现在还要一点点抠掉。不然房东说要扣我们押金。”

“哎呀呀。不在乎天长地久，只要曾经拥有。”

16 >>>

我和Z先生刚出国的时候，非常不适应这边的汇率差价。

想到一美金就是将近七元人民币，每次买瓶水都要纠结半天。

而我们租住的那套破旧无比的两室小公寓，月租居然要两千多美金。我俩都觉得心在滴血，所以想尽办法从别的地方给父母省点钱。

从我们学校到Chinatown的中国超市步行要半个小时，地铁直达五分钟。

波士顿的地铁一趟就差不多是十三元。我和Z先生觉得每天这么来来回回，车费很令人心痛。

于是Z先生就让我坐地铁，他自己走路回去。

有时候我良心不安，就会陪他一起走。我们曾经为了省一趟地铁票钱，在波士顿的暴风雪中，走了半个小时，冻到鼻涕都流出来。

我跟Z先生说：“我们俩是不是有点抠？”

Z先生说：“不是一家人不进一家门。”

当然和父母打视频电话的时候，我们都是报喜不报忧。说自己在美国的日子过得如何如何滋润，同学朋友如何如何友善。

有一次Z先生的妈妈在视频里嘱咐我们要记得多吃点水果补充维生素，随口问了一句：“美国那边最好的水果是什么？”

Z先生顺口就说出了大实话：“我们不知道最好的，只知道最便宜的。”

这句话说得又好笑又心酸。但说起来，不管我们小两口怎么省吃俭用，那四年里，我们从来没觉得苦。

好像只要有他在身边，所有的苦都变成了生活里的小情趣。

17 >>>

美国人很喜欢夸人，即便是陌生人。

我刚到美国的时候还有些不习惯，走在路上，经常迎面走来的路人很自来熟地开口就说——“nice dress” “nice shoes ”“nice coat”“nice hat”……他们经常夸我的裙子或者鞋子、大衣、帽子等真好看。

还有很多人会追问我衣服和鞋子在哪里买的，我趁机推广了一下我国的大淘宝。

在又一次我们走在街上，我被路人夸奖以后，我很臭美地和Z先生说：“看来我很符合欧美人的审美。”

Z先生说：“他们没见过世面而已。”

有一次Z先生的穿着被人点名表扬，他反过来和我炫耀。

我回头看了一眼他那天的穿着："你今天这身衣服都是我买的，谢谢。"

18 >>>

我到美国半年后，最想念的居然是故乡的……辣条。

想到在床上打滚的那种。

那时候波士顿的超市还没有辣条卖，后来感谢微博全网弘扬外国人有多喜欢吃辣条，以及辣条在美国亚马逊上卖得多么昂贵。

中国超市的老板们发现了商机，留学生们才终于有了口福。

但在辣条空降美东的前一年，我想得每天在微博上看到图片都流口水。

有一天，我在健身房锻炼。

Z先生抱着个小纸箱子神秘兮兮地跑进来："你猜这是什么？"

我瞟了一眼，不得了，从中国寄过来的箱子。

"你买了什么？要从国内邮过来？"

Z先生拿钥匙划开，里面整整齐齐躺了九包不同口味的辣条。

"啊啊啊啊啊。你是不是哆啦A梦！你怎么知道我超级超级想吃辣条？"

"你天天在床上打滚喊辣条，整栋楼都知道了。"

“邮费会不会比辣条还贵啊？”

“不知道。文马给你寄的。”

文马是Z先生的高中室友。

我俩看了下邮戳，寄了两个多月才到，还好辣条没过期。

辣条躺在箱子里闪着金光，我赶紧捂上：“快挡着，被同学看到了，肯定会被一抢而光。”

我们护送着宝箱回家，关上门在里面吃。

而且我们特别有计划，隔多久吃一袋，每次只能吃多少，就差没拿称量了。

剩最后一包的时候，它静静躺在我的书桌上，每天诱惑着我。我流着口水，掐着手指头算日子我们什么时候可以开这一袋。

“我可不可以今天吃啊？”我向Z先生打口头报告。

“唉，你吃吧吃吧。败家娘们儿。”

19 >>>

在美国虽然大多数商品的价格算上汇率都比国内高很多，但也有一些本土品牌比国内便宜很多。

比如说星巴克，号称美国避风塘，简直比避风塘还便宜。

要知道，小时候星巴克在我们心中可是提高格调的神器，是只有偶像剧里的人才会喝的咖啡。

早几年，我们所在的十八线小城市连一家星巴克都没有。

直到上大学之前，这家店对我们来说都仅仅存在于电视剧和小说中。

还记得读高中的时候，有一回Z先生去外地玩，不知道谁给他买了一瓶星巴克，玻璃瓶装的那种。

他一路都没有喝，装在口袋里带回来给我。

他献宝一样地拿给我说："有个叔叔给我买的，我想你肯定喜欢，就带回来给你了。我都没喝过呢，省给你了。"

我像个乡巴佬一样拍了好多照片，然后和他一人一口分着喝完了。

我们来美国第一次去的美国超市是stop&shop，那天刚好碰到星巴克打折。

四件装才七美金，一瓶不到两美金。

我和Z先生像发现新大陆一般，每个味道都买了，抱了好几箱回去，放在冰箱里，喝都喝不完。

长大后才知道，世界上比星巴克高档的咖啡有很多，现磨咖啡比瓶装要好得多。但我这辈子喝过最好喝的永远是Z先生揣在口袋里带回来的那一瓶。

20 >>>

我和Z先生出国之前都是从未进过厨房的人。

来美国以后，我每天听到最开心的一句话就是："我给你做吃的去。"

还有一句："碗放着，我来洗。"

后来我自己爱上了做菜，每天换着花样做两道菜，Z先生就再也没进过厨房。

有时候我让他去做个菜，他就会撒娇说没有我做得好吃。

回忆当初刚来美国的时候，Z先生是何等贤惠。

果然男人不能惯，越惯越浑蛋。

21 >>>

我们从南方的城市来到美国东北部的波士顿生活。

来的第一年我们就碰到了号称美国百年难得一见的暴风雪。

周五晚上，我们去邻街的电影院看电影。

去的时候还只是小雪，地上只有薄薄的一层，看完电影出来已经是大雪纷飞。

雪还在持续下着，我们冒着大雪往家的方向走。

走到一个路灯下的时候，我见光线很暖，衬得整个街道的氛围都很温馨，便和Z先生说我们来拍个照吧。

我们站在昏黄的街灯下拍了好几张照片。

只不过待了短短几分钟，我们就落了一头的雪，连发丝都开始结冰变硬。

Z先生顺手去拍我头顶的雪，我叫他别动，然后用镜头拍下了这一幕。

我把照片拿给他看，镜头里大雪纷飞，暖色的灯光照在雪地上宛如一个童话世界。空无一人的大街上只有我们两个“满头白发”的人。

“你看，这样我们是不是算一起走到白头了？”

22 >>>

我读研究生时有些课程是在晚上上课，下课通常是在九点以后。

我们家离学校非常近，几乎是过个马路就到了。所以我从来没有担心过安全问题。

直到有一晚，我刚从学校出来，在等人行红绿灯过马路。

马路对面有一群白人大学生朝我吹口哨，用英文说一些调情的话，要联系方式。

我不知如何正确回应，于是缩着头抱紧我的电脑快步跑进了公寓大门。

他们还在身后大笑，说我是害羞的亚洲女孩。

虽然谈不上恶意或者危险，但总觉得有些被冒犯。

我把事情的经过和Z先生说了。

Z先生说：“以后陌生人找你要电话号码，你就把我的号码给他。”

之后每个晚上，不管我是上课还是去图书馆自习，就算离家只有五分钟路程，Z先生都会来接我。

23 >>>

搬家以后，我们家离学校的健身房只有两步路。

来美国之前，Z先生就和我立下誓言要每天泡在健身房，做个健美boy。

但事实上，他去健身房的频率可以用学期来计算。

之前他还推说是离健身房远，现在已经住到健身房旁边了，就再也没有借口了。

某天下课，我催促Z先生一起去健身房跑步。

虽然外面冰天雪地，但是因为暖气充足，我们只穿了短袖短裤就出门了。刚推开公寓大门，我们跑出去两步就被冻傻了。

“不如我们回去吧？我想起家里还有烤红薯没吃。”

“好。”Z先生斩钉截铁地回答。

于是两个人转身跑回了公寓。

健身大业，出师未捷身先死。

24 >>>

我们的公寓楼下住的是一户印度人，对面是一户韩国人。

韩国兄弟喜欢开着门打游戏，印度朋友喜欢开party。

这就意味着我们每天不是在游戏的对骂声中度过，就是在party的狂欢音乐中度过。

有一回半夜，楼下的音乐声和对面的游戏声轮番轰炸。

我辗转反侧睡不着觉，Z先生倒是雷打不动地睡得很好。

凌晨三点，我终于忍无可忍跳起来捶墙："Hey!Please!"

他们没半点反应，Z先生倒是被我弄醒了。

他披个外套说："我出去跟他们说一声。"

"还是算了吧。"我瞬间怯了，拉住他不让去。

那段时间留学生遇害的新闻层出不穷，美国是个合法持枪的国家，谁知道会不会碰到个神经病一言不合就掏枪。出门在外，我的信条是能忍则忍。

Z先生听完我的顾虑，犹豫了一下，还是决定要去："他们这样也不是一天两天了，总这样下去也不是办法。"

"那我陪你一块去吧。"

"你在家等我，十分钟内我要是没回来，你就报警。"Z先生郑重其事地嘱托我。

他一出门，我就把手机拿在手上，时刻做好报警的准备。

虽然现在想来好笑，不过那时候身在异国他乡，两个人除了彼此，什么依靠都没有，确实会过得胆战心惊，害怕任何意外。

Z先生出去一会儿以后，楼下的音乐声就停了，对面也关上了门。

五分钟后，他回来跟我说："睡吧。"

我长舒一口气，有种整个世界终于安静下来的感觉。

Z先生把外套脱了，上床关灯，自然而然地搂住我。

我靠在他胸前，跟他说："还好有你。"

25 >>>

万圣节，美国最盛大的节日之一。

我们在出国前从没有参与过。出国第一年，我们便兴致盎然地加入了一个化装游行去女巫镇的活动。

Z先生装扮成《歌剧魅影》里戴着半面面具的剧院幽灵，我替他在嘴边勾了一个小丑唇。

我穿了一套曲裾汉服，外面罩着一件毛茸茸的披风。

我们坐火车去了邻镇——女巫镇。传说在二十世纪有很多女巫被绞死在这里，于是这个小镇就成了每年万圣节波士顿周边最热门的景点。

外国人没见过汉服，隔着一条马路对我们吹口哨，问我扮演的是不是queen。

我告诉他们，我扮演的是中国古代的鬼。

我们在女巫镇见到各种装扮得特别精美的人物，碰到喜欢的就会上去合影。比如说《哈利·波特》中的斯内普教授，简直像极了本人。

其中最受欢迎的是一个顶着马头面具的男孩，因为他摇头晃脑的样子实在是太搞笑了。我们抢着轮流上去和他合影。

男孩在面具里用英文小声地向他的朋友抱怨："外国人真是太奇怪

了。这只是一个马头面具，为什么这么多人要和我合影？”

我朝Z先生吐了下舌头，装作没听懂，不好意思地拉着他跑开了。

第二年，我们用同样的装扮去了一家在酒吧里举行的化装舞会。

结果我们发现好像来这里的人都是为了one night stand（一夜情），我让Z先生假装不认识我，看有没有男生过来和我搭讪。

结果我还没等到，就先有女孩坐到吧台请Z先生喝酒了。

见情况不对，我赶紧上前紧紧挽住了他的胳膊：“刚找你好久。”

他笑着看我，并不揭穿。

第三年，因为波士顿遭到恐怖袭击，我们没敢出门。

到了第四年，万圣节当天早上，Z先生起床问我：“今天公司有万圣节化装评比活动，今年我还扮幽灵吗？”

我在床上翻了个身，眼睛都没睁开：“你今年就扮一个不想起床上班，但为了赚钱不得不坚持搬砖的丧气青年吧！”

“……”

26 >>>

我不知道其他女生在婚前有没有过进产房的经历，我有过。

在波士顿读研的时候，我最好的朋友Claire怀孕了。我眼见着她的肚子一天天大起来，陪她去逛街买宝宝的衣服，成了除她老公以外的另一个陪护人。

所以当她问我要不要陪她进产房的时候，我同意了。

她生产的那天早上七点，我被突如其来的电话铃声吵醒，她老公说Claire要生了。

我们匆匆赶去医院，我和Claire的老公陪她一起进了产房。

美国的产房不是手术室的样子，更像一个高级病房。房间里只有一张病床，有单独的洗手间，帘子隔着的另一边是一张小沙发和宝宝生下来后要睡的小床。

两个助产士和一个接生医生对应一个孕妇。

Claire生产不是很顺利，超过十个小时都没有生下来。但她们超级有耐心，一直轮流陪她在病房里散步，做瑜伽球运动，其间还帮她冲了个澡。

最后Claire支撑不住，打了无痛针。超级粗的针筒从脊椎打进去，我都不忍心看。

医生们一直安慰她，给她讲笑话："宝宝马上来了。"

一直到当晚八点，宝宝呱呱坠地，红通通的，像个小老头。看到他的第一眼感觉特别神圣，有一种对生命的敬畏感。

Claire和她先生都哭了，她先生亲手为宝宝剪了脐带，我在旁边拍照，觉得那一刻成为父母的仪式感太强了，心中有许多感慨想和Z先生分享。

出了产房，Z先生也看到了新生儿。让他抱抱，他还不敢。

“怎么这么小？”

我回家后一直喋喋不休地和他描述这一天的经历。末了问他：“以后有机会的话愿不愿意陪我进产房？”

Z先生有点排斥的样子：“你知道我怕血，但你需要我的话，我会去。”

“我还是希望你去，光听我描述你体会不到作为父母第一眼看到婴儿时的那种神圣感。”其实当时我心里想的是，老公必须要进产房，不然他们永远不知道生个孩子有多痛苦！

“那你想要在美国生还是中国生？”Z先生问我。

那时候我们还没有结婚，但经常会谈论些婚后的话题。

我说：“这个倒无所谓，随缘吧。看到时候我们是在国内还是国外。”

“尽量在美国生吧。”

“欸，为什么？你不是一直说孩子如果是美国国籍，将来回国会很麻烦吗。”

“虽然麻烦点，但听你说这边生产条件很好，你可以少受点罪。”

好！就是这个瞬间让我下定决心为他生一个孩子。

27 >>>

Claire生下宝宝的时候，我们研究生的课程还没有结束。

所以她时常要面对自己要上课，她先生要上班，无法兼顾孩子的窘境。

我在征得Z先生的同意后，答应Claire在他们夫妻都顾不上宝宝的时候，可以把宝宝放到我们家里。我们也算提前实习爸妈的角色。

宝宝第一次独自待在我们家，刚开始睡着了像个小天使，没想到睡醒后就开始疯狂大哭，喂了奶还是哭，奶嘴也不肯咬。

我猜可能是尿尿了，让Z先生给他换尿布，Z先生学着Claire的样子做得有模有样。

但宝宝换完尿布还是哭，Z先生和我轮流抱着哄。我们扶着他的腋下，让他站在桌子上跳舞。

桌子上有个很大的装快递的空箱子，还没来得及丢。我们把他放在空箱子里，把箱子一开一合哄着他。他可能觉得好玩，终于不哭了，靠在纸箱子里笑得很开心。

我给他拍了好多照片发给Claire：这是谁家寄来的宝宝？

Z先生问我："要不要推他出去晒太阳？"

我抓着宝宝的手举起来："宝宝说他要！" 于是我们换好衣服出门，Z先生推着婴儿车，我挽着他走在路上。好多路人都夸奖说："你们的宝宝很可爱。"

那一刻，我突然非常想要一个属于我们的孩子。

Z先生本来是个意志不太坚定的丁克主义者，他不排斥生孩子，但也觉得有没有孩子对他来说并不重要。就算要孩子，也希望晚一点。

但带娃一天后，他就变心了。

“如果我们有个孩子也挺好。”

“当然。我们俩如果有孩子，他一定很漂亮。”

“只要个子不像你。”

“只要智商不像你。”

28 >>>

学生时期的最后一个寒假，我和Z先生决定去波多黎各避寒。

波多黎各属于美国境内，但那里的人们都讲西班牙语。民风和建筑都是浓郁的西班牙风格，非常热情明亮。

我是在网上看到那里的荧光湖照片才决定去的，《少年派的奇幻漂流》里的荧光湖原来真实地存在于这个世界上，就在美国的海上后花园——波多黎各。

因为要等天完全黑了才能看得到湖里的荧光，我们当天是晚上九点跟团出行。

等车开到湖边的时候，眼前一片漆黑。

“你看到湖了吗？”我问Z先生。

“没有，你看到了吗？我还以为是因为我近视所以没看清。”

“不是你近视，是根本就没有光！”

因为不准打手电筒，我们站在岸边也看不到湖在哪里。和网上的照片里整个湖面发光发亮的样子大相径庭。

“照骗”害死人。

导游带我们去湖上泛舟，每两人一个小舟，自己划，舟是透明的底，坐在上面可以看到水面。

等我们开始划桨，才知道荧光湖的来历。

水面只要一动，就会泛起荧光。

我弯腰用手在水面划一个圆，水面上就出现一个浅浅的绿色的荧光圆圈。那感觉就像自己是迪士尼童话世界里会魔法的公主。

再抬头看天，我发誓我这辈子没见过那么多星星！密密麻麻像跌进了银河里，美得我都说不出话。

连Z先生这样的高度近视者都看到了星河。

我这才明白这附近不允许有灯源的原因，就是为了保护这一片暗夜星空和闪闪荧光。

当时我随身带了一小瓶矿泉水，差不多喝完了。

我特别小声地问Z先生：“我们可不可以在这舀一小瓶水带回去？”

“可以吧。”

“这算不算偷？会不会不好？”虽然我们说中文旁边没人听得懂，但我还是特别小声生怕别人听到。

“这只是湖水，没关系的。”

“那你来。”我们家所有我不敢做的事都是由Z先生出面。

Z先生用矿泉水瓶舀了小半瓶水给我，我赶紧藏进口袋里生怕别人看到。

“轰隆隆”，大概是我“做坏事”被老天看到，刚刚还十分美好的星空突然下起了瓢泼大雨。

豆大的雨珠兜头砸下来，把我们淋成了落汤鸡，但这一点也没影响我在这片星空下这汪荧光湖上的美好心情，反而让这趟旅程变得更加特别。

我们浑身湿透地回到住的Air B&B，同样来自波士顿的房东太太还给我们泡了热茶暖身。

洗完澡，我们回到房间。

我让Z先生关门关灯，我坐在床上晃了晃宝贝瓶子，瓶子里面就掀起一阵荧光风暴，美极了。

我们把瓶子放在床头。

睡了一觉醒来，瓶子却再怎么晃都不亮了。

后来上网查才知道，原来荧光湖会发亮是因为里面有一种特殊的微生物，受到惊扰的时候就会发光。

而这种微生物的寿命很短，当瓶子里的微生物都死亡的时候，它就再也不会亮了。

真是美丽又伤感的小玩意儿。

世间好物不长久，好在我曾见过你。

29 >>>

毕业后，我们从波士顿搬去了另一个城市工作。

我一直在家写作，Z先生出去上班。

所以每天起早床变成了Z先生的一大痛苦。

他说，最痛苦的事不是起早床，而是他起早床的时候看到我在旁边呼呼大睡。

刚开始我还会挣扎着爬起身，送他出门再睡回笼觉。

后来连这个形式都省了，他每天出门时我都在睡梦中，只能迷迷糊糊地感觉到他在我额头上亲了一下。

中午，他没特殊情况都会开车回来陪我吃午饭。

偶尔他会对我做的菜挑三拣四："今天的鱼太咸了啊。"

我只要跟他说："滚回去吃你们食堂的饭。"

Z先生就马上学乖："老婆做的菜最好吃了！"

30 >>>

万恶的资本主义公司总是要加班，七八点是Z先生正常的下班时间。

六点半以后，我每隔十五分钟就要在微信里撒娇打滚：怎么还不回家，你的宝宝要饿死了。

或者写小作文骂他公司，作文名叫《我的老公每天都在加班》，续集叫《而且还没有加班费》。

只要听到楼下有汽车引擎声，我就会跑到阳台去看是不是他的车。

有时候Z先生在阳台下没看见我，就会隔老远在楼下喊我："我回来啦！"

我一听到他上楼的脚步声，就开好门站在门口迎接他回来。

他会从口袋里掏出几颗糖或者饼干放在我手里："今天是ruolei给你的。"

他公司的女同事ruolei几乎每天都会带些小零食让他带回来给我。这时我就像他圈养在家的宠物一样，等待投食。

晚上我们吃过饭一起看一部电影或者打几局游戏就洗澡睡觉。

即使睡在一起，我们也坚持着以前的好习惯，睡前一定要互道晚安。

"晚安。"

"还有呢？"

"爱你。"

"嗯，我也爱你。晚安。"

晚安的拼音是wan an，也就是"我爱你，爱你"的拼音缩写。

所以"晚安，爱你"是必须要连在一起的固定句式。

31 >>>

我和Z先生一起去参观亚特兰大的可口可乐世界。

里面有全球所有口味的可乐及可口可乐公司旗下的其他饮料。

我们按照不同洲的口味一一试过去，评价哪个口味最好喝，哪个口味最难喝。

我和Z先生认为最好喝的可乐是西瓜口味，最难喝的是樱桃味。

那里有两台可以自己调试不同口味掺和在一起的“特调”饮料机。

我和Z先生各自调了一杯，我自然是选择调最喜欢的几种口味。

不走寻常路的Z先生用樱桃味做基调再去混合别的口味，他说：“说不定这样可以打破它固有的味道，出来一种全新又好喝的味道。”

对于他这种不怕死的精神，我深表敬意。

Z先生毫无防备一口喝下去自己做的特调，然后“哇”的一声当场全部呕出来。中间间隔不到一秒。

作为一个体面的成年人，我想象不到是有多难喝才可以让他当场呕在地上。

他说这是生理性的排斥，他控制不了。

我笑得眼泪都出来了，还得去帮他找清洁阿姨过来打扫。

Z先生给清洁阿姨赔不是，然后拉着我逃也似的离开了现场。

跑远了发现他手中还握着那杯特调毒药。

他动了歪脑筋，开始劝我：“喝一口试一下嘛。”

我态度很坚决：“不要。”

“人生要勇于尝试。”

“不要。”

“你今天不喝，以后就再也喝不到这特别的味道了。”

我停下来认真地看着Z先生：“谢谢。我宁愿一辈子不知道屎的滋味。”

32 >>>

Z先生有拖延症，不拖到上床前最后一秒不会去洗碗。

有一天按照惯例，我们一起看完电影打完游戏准备上床睡觉，他才磨磨蹭蹭地撸起袖子准备去洗碗。

我躺在沙发上玩微博等着他一起睡。

突然听到“啪”的一声，Z先生打碎了一只碗。

我本以为是小事，也没回头，只问了一句：“没事吧？”

结果这家伙声音颤抖地回了我一句：“有事。”

我这才放下手机跑过去，结果看到水池子四壁到处都是血。

那血量看着着实吓人。我脑子一蒙，才反应过来看他伤到哪了。

他压着手腕，我看不到伤口。看这血量也不知道是不是割到动脉了。

“我拿纸来。”

“别……拿棉签。”

我又去翻箱倒柜地找棉签，掏棉签的时候手抖得掉了一把在地上也顾不上去捡。

“这个出血量要去医院吧？万一割到动脉了怎么办。可是现在医院都关门了，只能进急诊。我们家附近哪里有急诊？你等等我去搜一下。”我慌得不行，说话语速惊人，“不对啊。你手受伤了，开不了车，我又不会开车。我打电话叫Vincent来接我们？可现在已经一点多了，人家说不定早睡了。要不我去敲邻居的门，他们应该会好心开车送我们去急诊的吧？”

“别慌。”Z先生指挥我，“先去搜一下医院地址，然后叫辆Uber。”

“对哦。可以叫Uber，我怎么忘了。”我赶紧边搜索地址边叫车。

因为看不懂地图，我搜出来还得拿去给Z先生看哪家医院最近。

叫好车后，Z先生嘱咐我带上钱包和钥匙。

我穿着睡衣，拿上钱包、钥匙和一盒棉签就跟着他出门了。

黑人司机看我俩这架势，还安慰我们医院不远，不会有事的。

Z先生用中文小声跟我说：“他不会觉得我是自杀割腕吧？”

我看着他按着手腕的样子：“别说，你这样确实很像。”

我们冲进急诊室叫医生。那前台和医生都是一副见过大场面的样子，不慌不忙，让我们登记填表，慢悠悠地在电脑上输入信息。

我急得恨不得帮她打字，又折腾了许久，Z先生终于进了诊室见到了医生。

医生让他挪开手上药。对，从割到手到医院，全程他都没有松开按着手腕的手，所以我一直没有看他的伤口到底严不严重。

Z先生挪开手，我这才发现只是一个不足指甲盖长的小口子。血已经止住了。

"Are you kidding me?" 我看着他。

Z先生一本正经地回答我："万一割到动脉了呢。"

"是啊。多亏我们赶得快来急诊，不然伤口都愈合了。"

医生在旁边笑，还安慰他："没事，上点药就好了。"

Z先生反复问人家："有没有伤到动脉？要不要动手术？要不要缝合？"

医生让他不用担心，小事而已。

又来了个医生给他上了点类似碘酒之类的东西，贴上一片大创可贴，就告诉我们可以交钱出院了。

我们去前台缴费，两百四十美金，直接从信用卡上划。

美国的急诊室一般不是病到快死的人是不会进来的，没想到我们在美国第一次进急诊是因为打碎一只碗。

也许这也是这里的急诊医生遇到过的最轻微的伤了。

我拿着账单苦笑："Z先生，好好赚钱付账单啊。"

33 >>>

早些年，我特别迷恋看海。

后来我们把世界各地的海看了个七七八八以后，我就转战想去看星星。

美国有很多自然国家公园，其中有一个樱桃泉国家公园，位于宾夕法尼亚州，是世界四大暗夜公园之一，以观星出名。

暗夜公园，顾名思义，就是为了隔绝城市的光污染，这里禁止一切白光，到了观星区域只能使用红光灯。

它的官网介绍说，这里有三百六十度的全景夜空，可以观赏到最完美的银河系。我被各种美丽的星空照所吸引，当即决定让Z先生开车带我去看星星。

那个周末Z先生开了七八个小时的车到了那里，当晚吃过晚饭我们就开车进国家公园。

因为那里隔绝光源，所以那条路特别黑，是绝对的漆黑。瘆得慌。

我们跟着导航到了观星区。

彼时已经是十一月，天气寒冷，没有人在外露营。整个观星区没有一个人。

看着黑得彻底的车外，我连车都不敢下："我们没有走错吧？"

"前面有立牌子，应该没有错。可能天气不好，没人来吧。"

"这种地方，我们就算被杀抛尸野外也没人知道啊。"

"你能不能别总想些乱七八糟的。"

我把车门偷偷打开一条缝，从缝里看了一眼天空。一颗星子也没有，黑得就和我们来时的路一样。

绝望从心底涌上来。

“我们开了七八个小时的车就为了看一片漆黑的天空？”

Z先生纠正我：“准确来说，是我开了七八个小时的车。”

“都怪你不做攻略！”

“我告诉过你冬天看不了星星，是你硬要来碰运气的。事实证明我们运气不好。”

我们等了一会儿，云没有要散的意思，山里的空气倒格外清新，透着股杀人越货的凉意。

我们垂头丧气地开车回旅馆，路边一个黑影跳着闪过去。

“你看！那是什么！”

Z先生放慢车速，我摇下车窗，发现是一只小鹿。

小鹿离我们特别近，湿漉漉的大眼睛看着我们，没有一点害怕的意思，让我一下子觉得进入了另一个世界。

我打开摄像头准备拍照，闪光灯一亮，小鹿受惊就跳进森林里了。

除了小鹿，我们还遇到了一场大雾。

大雾令我们看不见前路，我俩都捏了把冷汗，手不由自主地握在了一起。

走出国家公园，终于到有路灯的路上后，我们都松了一口气。

我又重新活跃起来：“我们刚刚好像《爱丽丝梦游仙境》哦！”

Z先生泼我冷水：“你怎么不说像《迷雾》。刚刚谁被吓得死死地拽着我的手不肯松手。”

34 >>>

我有痛经的毛病，大概只有女孩子才懂那种痛。

美国有一种止痛药，治这个毛病有奇效。我听朋友推荐就买了一些囤在家中备用。

有一次又在半夜痛醒，我准备起床去吃药。

Z先生拉住我：“你去干吗？”

“找止痛药。”

他把我拽回床上：“你今天已经吃过一片了，止痛药吃太多不好。”

我痛得烦躁，自然没有好脾气：“那你说怎么办？”

“躺下来，我给你揉揉肚子。”

Z先生不会什么专业的手法，就是把手搓热轻轻在我肚子上打着圈揉。也许是心理作用，我竟然觉得很有效，慢慢就进入了梦乡。

梦里一直有一只柔软的大手。

第二天，我一醒来他就和我抱怨手腕酸：“今天都没法打字了。”

“鉴于你昨晚表现优异，特封你‘御用按摩师’的称号。”

“我可以不要这个称号吗？”

“恐怕不行，谁让你是我的特效药。”

35>>>

我最近迷上了看《偶像练习生》，每次看到电视里的小哥哥们跳舞，我就眼里放光。

Z先生路过时，十分鄙视地骂我花痴。

“这有什么好看的？有我好看吗？”

“有。”我毫不犹豫地回答，“想当年你也是可以出道的颜值，现在怎么……唉，一言难尽。”

“我如果晚生几年也可以去参加了。”

“这不仅仅是年龄问题，人家小哥哥会唱歌会跳舞。你会啥？”

此时，刚好电视里的小哥哥们在跳《Pick Me》。

Z先生“嘁”了一声，把睡衣外套往沙发上一抛，突然跳上茶几，竖着食指指天，屁股一扭一扭，嘴里开始唱：“pick pick pick me up up……”

那对比太强烈，我不忍看。

36 >>>

十一周年纪念日的时候，Z先生难得浪漫一次，订了一个旋转餐厅带我去庆祝。

日晷餐厅在亚特兰大最高的酒店顶层，视野无敌美。

之前在波士顿也有这样的餐厅，但看到价格，我们两个穷学生只敢在杂志和官网看看图。Z先生现在赚钱了，我们决定要去挥霍一下。

我打扮了一下午，等Z先生下班接我去餐厅。

为我们服务的侍者是个五十多岁的老伯，很和蔼。他问我们打扮得这么正式是来庆祝什么日子吗？

我说：“是的，我们来庆祝周年纪念日。”

“哇！多少年纪念日？”

“十一年。”Z先生说完，对方不可思议地重复了一遍：“十一年？”

“对。”我一脸骄傲，“我们很小就认识了。”

“恭喜，”他一边给我们倒了水，一边放下菜单，“菜单在这里，你们看好了随时叫我，慢慢来。”

我打开菜单，看到价格后在心里默默吸了一口凉气，表面上还要装淡定。我用菜单挡住脸，小声和对面的Z先生说：“好贵啊。”

Z先生咳了一声，脸有点红：“想吃什么就点。”

虽然他嘴上这么说，但我知道他心里肯定也很心疼。

“咱们就一人点一道主食好了。不用前菜和餐后甜点了。这个龙虾面和鸭胸我都想吃，你喜欢哪个？”

“那龙虾面和鸭胸我们一人点一份好了。前菜点个蟹球吧。甜点呢？你不是最喜欢吃甜点吗？”

“算了吧……这么贵，我们待会吃完饭去Sweet hut买蛋糕和奶茶不是更好吗？”话虽然这么说，我还是盯着菜单上的甜点舔了下嘴唇。

Z先生举手叫来了老侍者：“前菜要蟹腿球，主食我要一份鸭胸，她要一份龙虾面。还有这个巧克力熔岩蛋糕来一份。”

“好的。”侍者拿走了菜单。

“欸？怎么还是点了甜品？”

“你刚看着图片口水都要流出来了。”

37 >>>

我做过很多疯狂的事。

其中有一件是提着一件小婚纱冲到加州去找Z先生拍婚纱照。

那时候，Z先生在加州出差。我直接提着装着婚纱的行李箱冲过去找他，他大晚上开车来机场接我的时候还一脸迷茫。

“我来嫁给你了！惊不惊喜，意不意外？”

于是Z先生忙完公务，临时多请了两天假留在加州陪我拍照。

加州的摄影师太贵，我们就自己买了个三脚架，租个车，在地图上标的各个网红景点拍照。

用三脚架有个最大的困难：每次Z先生按了快门，就要飞速跑过来，卡着时间摆好pose。同一个场景要跑十几次才能拍出一张好照片。

明明冬天的加州温度也不高，这家伙跑得白衬衫都湿透了。

我们跑去救赎山上拍，跑去Venice海滩边拍，真真是上山下海，乐此不疲。

在海滩边，我穿着婚纱和高跟鞋手足并用地爬到礁石上去，像个神经病。旁边都是围观我们的群众。

“Are you guys getting married?(你们要结婚了吗？)”

“Yes.”

“Congratulation!You are so beautiful!(恭喜！你看上去太美了！)”

老外夸起人来总是不遗余力，好像我们跟他们很熟一样。

“Thank you!”

我穿着婚纱站在礁石上向下面的路人招手致谢，那时候感觉自己像个自由女神。

38 >>>

我们在美国的家有门铃。Z先生每天下班回家都要按门铃。

“等一下！”我听到门铃声就会马上从床上或者沙发上弹起来去开门。

但每回，是每！一！回！当我跑到门口的时候，他都已经自己拿钥匙打开门了。

在第一百零八次他这么做后，我叉着腰站在门口十分严肃地看着他：“你每次都是自己拿钥匙开的门，那你干吗还要按门铃啊！！”

Z先生笑眯眯地亲了我一下：“因为我想每次一开门第一时间就可以看到你在门口迎接我啊！”

39 >>>

我们家里有个小布箱子。

箱子买来的初衷是什么已经记不清了，总之它的实际用途就是我的零食箱。

我用电脑写文的时候，喜欢盘腿坐在蒲团上面，零食箱就放在蒲团旁边。伸手就可以拿到，随拿随吃。

Z先生这份工作隔三岔五就要派他去Los Angles（洛杉矶）或是Las Vegas（拉斯维加斯）出差，一去就是一个礼拜以上。

他每次出差前，一定会去超市把我的零食箱填得满满的。

然后告诉我：“等你把它们吃完，我就回来了。”

40 >>>

感恩节那天，我和Z先生还有Vincent夫妇从亚特兰大飞到阿拉斯加度假。

连续坐了十几个小时的飞机，整个人有点晕。但飞机降落前看到满天满地的雪，我们四个南方人又精神抖擞起来。

下飞机到酒店入住后，Z先生说要和Vincent去附近的沃尔玛买水。

我惦记着感恩节肯定有很多东西打折，想跟着一起去逛逛。

我们的朋友伊凌拉住我，说有点累，让我陪她在酒店休息，待会儿晚上还要去看极光。

加之手头还有些工作没做完，我就放两位男士去了。

我打字时，伊凌在卫生间叫我去化妆。

作为当代真女汉子，我表示一件化妆品都没带。

伊凌说：“我带了。”

“这冰天雪地，穿得跟熊一样，化妆也是徒劳。”

“晚上看极光我们要拍美美的照片，化一个嘛。”

于是在软磨硬泡之下，我乖乖地任她折腾了一个小时。

直到此时，我还没有任何预感。我很天真地在想，不是说很累吗？都不睡觉还化这么久的妆！女人活得好累啊！我果然不是女人。

继而美滋滋地自拍了几张，觉得自己从前的五分钟化妆术简直是在糟蹋化妆品。

此时，伊凌依然处在极度兴奋的状态：“小脸蛋化了妆多好看。”

那语气，那眼神，简直和妈妈看着女儿要出嫁一样。这一刻，突然心意相通。他们是不是在密谋什么？

然后我偷偷出去给闺密发信息：我觉得Z先生今晚要和我求婚了。

在一阵“啊啊啊”和“我要看直播”的回复后，闺蜜说了一句很有哲理的话：不要去猜，安心接受。

嗯。这种事，猜中了没惊喜，没猜中更失落。

几个小时后，他们搬了一箱水回来。Z先生说的第一句话就是：“你真应该和我们一起去，见证下‘黑五’沃尔玛排队的人有多少。”

我当时心瞬间凉了半截。哦，果然是我想多了，他们就是去买水了而已。

吃过晚饭去小木屋已经十点多了。最生气的是，我们到达的前半个小时出来了一次极光，完美错过。

在小木屋喝着热茶玩拼图，逗主人家的大狗。一切风平浪静。

晚上十二点我躺在木屋的沙发上给闺密发信息：果然是我想多了！

极光没有出现，连原本清晰的银河、北斗七星也被大雾遮住了。

凌晨一点，我已经放弃：“走吧走吧，好困。回酒店休息。”

Vincent连叹几句：“天公不作美。”

伊凌说：“再等等吧。”

只有Z先生一言不发。

回程路上听着歌，我昏昏欲睡。

车停下来的时候，我看到酒店大门写着C栋，而且是高层。

但我们住的酒店是M栋，独立的度假套房式小木屋。

我以秒速反应过来：“停错了吧？这不是我们的酒店。”

车中一阵诡异的沉默，Vincent看了一眼Z先生，伊凌在傻笑。

我心里“咯噔”一声，第一反应竟然是，完了，要来了。

在一个我完全没准备好，穿得很丑，身体很疲累，还因为错过极光而内心失落的时刻。

Z先生不知从哪儿掏出一根红丝带把我的眼睛蒙上，我们一路七弯八拐上电梯后又走了好久。

这段路我的心理活动十分丰富，幻想了无数种可能性。上天入地，水冰月变身。

红丝带解下来后，我看到了一扇房间号是520的门。

对，你们没有猜错。

就是十分符合理工男审美的一地粉色花瓣。床上有一个用花瓣拼成的桃心，墙上粘着气球和不明螺旋状吊饰。

一言难尽。

两位耿直先生对视一眼，Vincent用“你很棒，她一定会很感动”的眼神鼓励Z先生。

Z先生单膝下跪，背书似的说了一段求婚词，亲吻我的手背，然后二话不说掏出戒指就往我手上套。

我赶紧把手缩回来：“你都不问我愿不愿意吗？”

Z先生声音有些发颤：“你愿意嫁给我吗？”

他紧张是有原因的，因为橘子心里住了一个小公主，重度公主病，多次说过求婚一生只有一次，一定要很浪漫很有创意，不然一定拒绝。

显然Z先生这个安排十分俗套，就差没再点一个心形蜡烛凑齐耿直男生表白的必备套装了。

事后，他告诉我他确实有这打算，但是怕引起火灾这才作罢。

据他说，我顿了足有两分钟没有回应。他已经心灰意冷觉得我会say no。我倒不知道有这么长时间，当时满脑子想的是我这时候是不是该哭一下，流出两滴眼泪以示感动，可当时只想一个劲地傻笑。然后我说：“好吧。”

是“好吧”，不是“好”。

有些微微妥协的意思，到底意难平……

这和我想象的不一样，和我见过的所有浪漫电影都不一样。

然后那晚Z先生和我躺在床上，以男主角的视角谈论这个准备过程。

“原本是准备在北卡的孔明灯节上跟你求婚的，万灯齐放，我跪下来求婚。中英双语的词我都写好了。”

结果，临行前，孔明灯节取消了。

“后来我想就在北极光下跟你求婚吧，象征幸福的欧若拉。”

结果，擦肩错过极光，再也没出现。

“买了小婚纱，打算让你求婚那天穿。”

结果，阿拉斯加零下三十度。

“穿不了婚纱，我就给你买了头纱和玻璃的戒指盒，满足你的童话梦。当我在极光下下跪的时候，伊凌从你身后给你戴上头纱，Vincent捧出戒指盒。”

结果，两个快递被房东锁在办公室没拿到。

“我联系了小木屋的主人，极光出现的时候，放广播跟你求婚。”

结果，木屋没有广播系统。

“跟你求婚的词我写了好多遍，反反复复地修改。”

结果，最后还背错了。

唯一做成的一件事就是订到了这个酒店的520房间。

阿拉斯加纬度极高，建筑都是三层高的矮楼。Z先生一家一家打电话问人家酒店有没有520房间。

终于问到唯一一家有八层楼的酒店有520，人家说不能指定房间，尤其是感恩节当天。

于是Z先生坚持不懈地打了一个月电话，解释自己要求婚，520房号在中文中有特殊含义，主管被磨得不耐烦，答应了。

接下来的半个月，他又时常打电话骚扰酒店确认房间留给他了。

直到人家前台说：“你不要再打电话来了！”

听他说完这些，有点想笑，又有点想哭。

幻想了一下，如果所有事情都按照他的计划正常地进行，还真的挺像浪漫电影里的桥段。

但又觉得现在这样也很好，我在这座最北的城市唯一的一间520房间里，将自己许诺了出去。

我的求婚跟电影里不一样。

少了很多浪漫的桥段，多了很多真实的无奈。

生活很多时候就是这样美好又充满遗憾吧。满则损，盈而亏。

一杯清水加点糖，刚刚好。

Z先生，余生不用你指教，只要乖乖听我的就好。

第二天早上，我和Z先生两人一起跪在地上捡花瓣的时候，更明白了什么叫人生。

最后一天跨越北极圈，晚上终于看到了一丁点微弱的北极光和满天繁星。

Z先生说：“我们这算看到了极光吧？苍蝇肉也是肉。”

“嗯。算。”

“那就再表白一次，我爱你，嫁给我。”

“嗯。要一辈子对我好。”

“好。”

“要一辈子保护我。”

“好。”

“要永远无条件地站在我这边。”

“那……那要看情况。”

“就不能说个好听的哄哄我？”

“你也不想听我说假话是不是？说那么多空话也没意义是不是？”

此处省略一百字碎碎念。

“算了算了。走远点。”

这就是这篇文章的由来。

也许以后我们会有各种各样的争吵和矛盾，互不相让。不是也许，几乎是肯定。

记录下来此时此刻的感受，就是希望自己将来一直记得——

有人曾为你这么用心，笨拙地替你实现愿望。很蠢也很可爱。

从相识到现在四千多天，五百多周，十一年。

见过你穿校服，也见过你打领带。但感觉好像刚刚认识你。

我们的人生马上要进入下一个旅程，未来也请和我一起继续努力吧！Z先生。

41 >>>

二〇一七年十二月三十一日，我们抢到了亚特兰大本年度最后一个注册结婚的名额。在美国领证其实是个纪念意义多过实际意义的事。

我们在美国没有办酒，但我又特别想让这一天显得很有仪式感。

所以我找我那学建筑设计的妹妹给我们设计了请柬，然后在亚马逊买了喜糖盒，还和好友去逛街买了一件白色蕾丝裙可以当婚纱穿。

说到买裙子，还有个特别有意思的小插曲。

别人试婚纱的场景大概都是站在高台上，厚重的帘子从两边拉开，主角特别华丽而隆重地出场。

而我，是在Bloomingdale's的童装部试衣间里，打着赤脚试了件带粉色蝴蝶结和假珍珠的公主蓬蓬裙。

因为美国的成衣对我来说实在太大了，我只能在童装部选。而最气人的是，童装部的裙子竟然是最合适我的。

我只能无视服务员奇怪的目光，穿着他们设计给五六岁小女孩的公主裙跑出来问Z先生："好看吗？"

"特别好看，感觉在给未来的女儿买衣服。"

在我放弃尊严，准备拿着这件公主裙去结账的时候，店员告诉我没码了，这件样品还是残次品。

好在最后朋友陪我买到了另一件更合适的小蕾丝裙。

结果Z先生还说："我觉得你穿之前那件童装更好看。"

领证那天是工作日，Z先生中午请了假，并且带着他部门浩浩荡荡十几号人一起来了Gwinnett County Magistrate Court，相当于美国的民政局，连他的两个经理都来了。

为了让大家都能见证我们领证，经理甚至给全办公室的人中午多放了一个小时的假。

宣誓的地方是在法庭里，特别庄严。

亲友坐在下面听审席的位置，新人走到法官跟前。法官拿走了我们的戒指，询问我们是否愿意让彼此成为自己的合法妻子（丈夫）。

说出“Yes，I do”的时候，感觉声音紧张得都变调了。

然后法官让我们两人执手跟着她一起宣誓。

誓言就和在电视剧里看过的一样：“从今天起你就是我的妻子（丈夫），我们将相互拥有，相互扶持，无论顺境逆境，贫穷富有，疾病或健康，直到死亡将我们分离……”

我最喜欢的一句话是交换戒指时说的誓言：“I give you this ring and pledge to you our constant faith and abiding love.（我给你这枚戒指，连同我无限的爱与信仰。）”

Z先生念誓词的时候哭了。

这大抵就是我们一直挂在嘴边的仪式感吧?

后来回国我们举办了一场盛大的婚礼，但在我心里，竟然比不过我们在美国时，他和我坐在地毯上包喜糖和到处找复印店打印请柬的时刻。

因为那些明明不是必须要做的事，但他遵从并实现了我的愿望。

我们正式结婚那天，我们共同的好友在我们的新家的小区门口拉了横幅。

横幅上写的是：请好好守护橘子的少女心。

我想他做到了。

Part 4 归国：新婚篇

今　天——

——我　要

嫁　给　你

01 >>>

我和Z先生经常会为了一些无聊的小事吵架。

吵架的当下我会气得发誓再也不理他，但只要他主动道歉哄一哄，我马上就会原谅他。

带南瓜去试伴娘礼服的时候，她问我们的近况如何。

我和她抱怨："Z先生到现在还像我们读中学时的状态一样，幼稚死了。"

"没想到你也有抱怨他的这一天，我的印象还一直停留在那时候你一头栽进去，看到Z就两眼放光的样子。"

"他是对我很好，但男女生的心理年龄本来就有差距。我们都在往前走，只有他还停留在原地。"

"你说得太文艺啦。有没有什么具体事例？比如说？"

"唔……那个……"我绞尽脑汁想举出一个事例来证明他是个幼稚鬼。其实平时我们吵架多半都是这个原因，但那一刻居然一下子想不起任何事，"反正就是很幼稚啦！"

晚上回家我问Z先生："你还记得我们上次在加州吵架吵到我半夜想

离酒店出走是什么原因吗？”

“不记得了。”Z先生想了一下，“哦。好像是你要我给你买鸡排，我当时没买，想带你去店里吃。结果去的时候，鸡排店关门了。你就饿到抓狂在发脾气。”

“是吗？我们原来这么无聊的吗？”

“是你比较无聊。”

一段亲密关系中，必不可少的一部分是争吵。

当下我们可以用良好的沟通解决思想的分歧，更重要的是事后学会忘记。

我们都听过钉子在木桩上留下一个洞的故事。

可当你选择了一个人与他执手共度一生的时候，所有的争吵都将化为写在沙滩上的字。

心无芥蒂才可能亲密无间。

02 >>>

别看Z先生平时一副“好好先生”的样子，本质上也是个不解风情的大男生。

每逢我生日或者纪念日，他就仿佛受难一般抱头苦恼不知道送什么礼物。

而且往往最终送出的礼物都是我并不喜欢的！

有段时间我特别想要一个永生花球，我对这种充满少女心的东西没有任何抵抗力。

我各种明示暗示Z先生，他始终不得要领。

最后是小葵在我办签售会时，买了一个很漂亮的永生花音乐盒送给我。

并且附赠了一句："要等你家Z先生开窍给你买永生花，你可能一辈子都等不到了。所以我就给你买了。"

泪洒现场。

和小葵一起逛街时，只要是我多看一眼的东西，她就会马上给我买，宛如一个霸道总裁。所以她送我的礼物永远正中红心，让人喜欢。

反观Z先生还停留在"你要不要""你想不想买""你喜不喜欢"的阶段。

一问三不知的原始未进化人类。

如果女孩子可以一辈子生活在一起，要男人何用？

03 >>>

有人问过我："这么多年，和同一个人在一起，你不觉得青春白过了吗？青春都不疯狂一下，多没意思啊。以后会后悔哦！"

我想说的是："我青春里做过的最疯狂的一件事，就是和遇见的第一个人，从十三岁走到白头。我这辈子最不会后悔的也是这件事！"

04 >>>

Z先生今年生日的时候，我在北京读书，他在美国上班。认识这么多年来第一次没有在一起庆生。

我卡着他那边的零点时分准时给他打了个视频电话，并且扬扬得意地把我给他写了一本书，并且已经签约出版当生日礼物的消息告诉了他。

我故意拿他开涮："我们的故事说不定以后还会翻拍成电视剧。激不激动兴不兴奋？你要成网红了。"

Z先生十分配合，傲娇地表示："那我要吴彦祖来演男主角，要不然张震也行。不然演不出我的帅气。"

"我一定会把这句话写进书里，让读者的唾沫星子淹没你的脸。"

"别，请维护一下我作为当年八中级草的形象！"

"这句也要写进去。"

"……"Z先生蔫蔫地撒娇，"你就只会破坏我的形象。今天还是我生日呢。"

"嗯。所以我用这本书的稿费给你买了张机票，美国回中国，单程的。回来吧，我带你去庆生。"我犹如霸道总裁一般抛出第二重惊喜。

Z先生短暂地震惊后表示："我上班可能请不了假。"

"哦。刚好我前段时间抽奖中了一个情侣澳洲五天双人游，你不去我就找别的男人陪我去了。"第三重惊喜从天而降。

“你是哆啦A梦吧？还有什么惊喜一次性说出来。”Z先生有点坐不住了。

“没有了。从澳洲回来，我们就去领结婚证吧！”

暴击，K.O。

05 >>>

我们有一对多年好友，中学同学小Y和小B，多年来他们一直保持着纯洁的友谊，直到工作后他们俩在一个城市突然擦出了爱的火花。

这就像两个穿同一条开裆裤的兄弟一朝之间变情侣一样。

我们刚开始不相信，后来不习惯，最后慢慢接受。

而情侣之间如果太熟悉，就会出现“扒底裤”的情况。你读几年级暗恋过谁，双方都一清二楚，隔三岔五开始翻旧账。

Z先生从美国回来在他们的城市转机，我们一起聚餐。

席间，小Y向我们数落他们一起打牌的时候，小B指导他读书时曾暗恋过的另一个女孩胡了她一个豪华七小对。这是个很大番的牌。

“你说是不是要分手？”小Y是开玩笑的语气，但心里肯定是存有芥蒂的。

我们都知道小B曾暗恋那个女孩长达十余年，直到女孩结婚。虽然现在已经放下，大概也不愿别人提起。所以大家都默契地打圆场想糊弄过这个话题。

可能因为小Y逢人便提这事，弄得小B面子上过不去。他也报复性提了一嘴：“你以前不也喜欢过Z。”

场面一度十分尴尬。

小Y曾经喜欢Z先生不是什么秘密，连她自己都经常拿出来开玩笑说自己当年瞎了眼。我也没有避讳过两人这一层关系，大家从小玩到大的情谊更加可贵。

小Y也是个敞亮的人，直接举起酒杯朝我敬了一杯：“橘子，我中学时期最喜欢的男生现在交给你了。祝你们俩永结同心，早生贵子！”转过头还不忘嘱咐Z：“你也要好好对橘子。我们都是娘家人啊。”

她其实说得很轻快，但她这句话让我觉得很有仪式感，像是一杯敬给往事的酒。

“我要给你当伴娘！”小Y说，想到自己个子很高，又否定自己，“我还是给你当伴郎吧。”

小Y故意夸张地做掩面哭泣状，搞笑地说：“等你们婚礼结束后的晚上我要去KTV唱一首《婚礼的祝福》。”

06 >>>

晚上和远在成都的密友欧阳发微信语音，说起小Y要给我们当伴娘的事，我顺口说了一句：“你要有空，也回来给我当伴娘吧。”

欧阳发了个很震惊的表情，然后说：“你是不是忘了我以前也喜欢过Z？”

我想了一下，还真是。邀请的时候完全忘了这回事，甚至忘了我会和她认识都是因为Z。

按她的话来说，Z是她青春里最浓墨重彩的一笔。

“你就不能给我的青春留下点美好的记忆吗？”我能想象到她说这句话时哭笑不得的样子。

“那就带你老公一起来嘛。”

她马上跟打了鸡血一样发微信和她老公说了这件事，然后还发他们的聊天记录截图给我看。

她老公十分幽默地说：让橘子写部电视剧请我做男一号，我就答应陪你去。

“可以，让他来演这本书的男一号吧！惊不惊喜，意不意外？”

我们俩又哈哈大笑了一阵。

“怎么着？你这是要组个‘情敌伴娘团’吗？”欧阳打趣我。

“我觉得我该回去和他算算总账了。以前到底惹过多少风流债，关键是他的风流债为什么最后都和我成了好朋友？”我摩拳擦掌准备去兴师问罪。

说到最后，欧阳说：“我觉得我如果真去给你当伴娘了，我青春时期在心里自导自演的那场荒唐的偶像剧才算真的完结了。”

我们领结婚证那天，很多人给我发信息道喜。

有个朋友的信息格外触动我，她说：我看到你们的结婚证都快哭了。就像看到一部连载了十几年的青春偶像剧终于等到了大结局。

我和Z先生的十二年不仅仅是我们的十二年，更是同一个校园里走出来的同学和朋友们共同的回忆。

他们看着我们，其实就像穿越时光看到了当年的自己。不管怎样物是人非，谁和谁走散了，我和Z先生一直在一起就给他们留下了一点念想。

这么一想，责任好像挺重大。

07 >>>

众所周知，Z先生读中学的时候有很多绯闻女友。

而我在他之前，只有过一个，在暧昧期就被Z先生从天而降“横刀夺爱”。

这个人是我们班的班长。

班长成绩好，家世好，长得高，篮球打得好，既是班长还是体育委员，摩羯座，和金牛座是绝配。

所以我那个时候眼睛根本不需要瞟到班级以外去，自己班就有个优质股。而且平心而论，他对我非常好。

那时候每周模拟考，有一次我考得不好被老师点名批评了。下晚自习后我就坐在位子上一直哭。

班上玩得好的同学都围过来安慰我，摸摸头啦拍拍背啦，七嘴八舌地要我别哭，下次考好点就是了。

班长一直没有过来，他就坐在最后一排位置上淡定地看书。任我们这边吵成马蜂窝都没有任何表示。

我一直哭到寝室快关门了才收拾书包准备回去。

那个时候，基本上全班同学都走完了。班长还坐在那里，好像不打算动的样子。

我心情低落也没工夫管那么多，背着书包从他桌子旁边经过的时候，突然感觉手心里被人塞了一个小纸团。

我愣了一下，看着班长，他说："快回去吧。寝室要锁门了。"

我就攥着小纸团一路小跑回到寝室才打开。

上面只有一句话，特别像革命友谊的感觉：加油！我永远支持你！

后来认识Z先生，我火速移情别恋。

对班长心中始终有点小歉疚，于是我还正儿八经地写了封道歉信给班长。

结果班长给我回的信里还是那句话：我说过，不管你做什么决定，我永远支持你。

南瓜看了那封回信后，泪奔着骂我是大猪蹄子。

"所以班长有什么不好，你为什么要选Z啦？"她愤愤不平。

我沉思了一下南瓜这个问题。那个时候各方面横向对比，班长都比Z

先生要略胜一筹，除了一点——

“可能因为Z长得帅一点吧？”就是这么虚荣又肤浅的念头。

毕业后，班长和我就断了联络。十几年了，一丁点普通同学的联系都没有，连共同的群都没有。

但Z先生总过不去这个坎似的，隔三岔五就要拿出来气我。

“你再说，我就去请班长给我们做伴郎。”有一回我故意气他。

“你去。”

我作势起身要去翻通讯录，Z先生在后面悠悠说了一句：“你请班长，我就请一个绯闻女友团来做伴娘。”

我放下手机，对他竖了个中指：“你赢了。”

08 >>>

我和Z先生开始筹备婚礼的时候，两个人都一头蒙。什么婚庆、摄影、摄像、酒席我们都搞不清。

Z先生不止一次地问人家婚庆公司：“摄影和摄像到底有什么区别啊？”人家解释很多次他都听不懂。

多次后，我失去耐心咆哮道：“就是一个是照片，一个是视频！”

他终于安分了，委屈巴巴地仿佛一个小媳妇：“我第一次又不懂。”

“放心，你要是对我不好的话，你还会有下一次的。”我趁机威胁道。

09 >>>

我从大学以来多年都是长头发，去年心血来潮剪短了，维持了一年的短发。

最近因为要结婚，又慢慢在蓄长发。现在大概长到齐肩的长度。

刘海长了，我也懒得去剪，写文的时候挡着眼睛，我就用小皮筋在头上绑了个小辫子，露出一片细细的绒毛。

有一天睡醒，和Z先生视频通话。

他突然说了一句：“这样子好像十年前哦。”

我还没反应过来他指的是什么。

他又补充道：“你十年前就是这样的齐肩发，刘海扎个小辫子。一点变化都没有。”

这句话的美好之处有两点。

有人知道并且还记得你十年前的样子。

你十年后一点也没有老。

只要当年的人依然留在你身边，你永远拥有一张通往过去的车票。

三年，五年，十年。始终有人记得。

10 >>>

Z先生工作压力大的时候，不由自主就会开始唱儿歌。

而且不是正儿八经存在的儿歌，都是他随口胡诌的。

有时候他在家半夜加班，加着加着就开始唱：“小小蚂蚁，小小蚂蚁，穿花衣。”

“你唱的是什么啊？”

“不知道，就随口哼的。”

我觉得他乱编的儿歌都特别可爱，每当这时候我就会奖励他一个大大的kiss。

又有一回，他一边做着Excel表格，一边开始唱起了《麦兜当当伴我心》里面的歌。

唱着唱着我就听出来不对了，他在唱：“车车车车车，有架车车有架车车，撞死你爸爸。”

我脸瞬间就黑了：“撞死谁爸爸啊？”

“不是我编的，麦兜就是这样唱的。”Z先生很无辜。

“你胡扯吧。哪个儿歌会这样唱？”

我俩特别较真，Z先生为了证明自己的清白，和我一起找哪一集麦兜唱了这首歌。找着找着我俩还津津有味地看起来了。

《麦兜当当伴我心》里面还真的有首歌叫《车车车车》，原歌词是“冲向你爸爸”。

“是冲向，不是撞死！”

“一个意思啦。”Z先生挠头。

也真是很奇怪，怎么会有儿歌的歌词是“有架车车冲向你爸爸”？

11 >>>

我昨晚做了一个梦，梦见自己回到美国在陪Z先生。

Z先生为了给我准备惊喜，让他的朋友拖住我。

于是他的朋友在吃完饭深夜一点半的时候，开车带着我去高考补习班补数学。

我困得快昏迷，还坚持和她们学习到两点，才骂骂咧咧地准备回家骂Z先生是不是脑子有坑。

结果我刚走进小区，就发现有个很大的舞台，很多观众围在旁边，还有工作人员在做现场直播。

Z先生的朋友带着一脸温柔的笑容把我推上了舞台中心。

Z先生穿着一身跳国标舞的紧身舞衣突然走上来，开始表演托马斯旋转三百六十度的杂技，时不时射穿个气球，变个塑料花之类的。

台下的人都在鼓掌尖叫，我站在舞台上，又感动又尴尬。

醒来后，我把这个梦告诉Z先生。

他朝我翻了个白眼："你脑子里每天在想些啥？还表演杂技？"

"我觉得可能是你的求婚方式太土了，给我留下这样的心理阴影。"

"……"

12 >>>

Z先生最近想买一双黑色的阿迪达斯的凉拖，看见有粉色款，他知道我喜欢粉色，就顺手也给我买了一双。

我们去厦门拍婚纱照时就穿上了这双情侣拖鞋。

他给我买的粉色款，脚底有按摩粒。

我第一次穿出门，痛得尖叫。

每走一步路都觉得像踩在针上一样。

Z先生于心不忍，主动提出跟我换拖鞋穿。

于是我穿上了他的黑色大拖鞋，他的脚挤进我的粉色小拖鞋里。

路人看到的就是一个一米八的大男生穿着一双粉色的拖鞋，嘴里“啊啊啊”叫着，在路上一蹦一跳，宛如一个神经病。

我看着他那个样子，笑得合不拢嘴，还故意使坏从后面追上去，跳到他背上：“老公背！”

被我的重量一压，他的脚重重踩上按摩粒，又是一声惨叫。

13 >>>

我们的新房装修完毕，我和阿姨去搞卫生。

我的任务是在洗手间用小刀刮窗户上残留的余胶，累得要命。

想到Z先生此刻在美国可能正躺在沙发上看电视，我就心里不平衡。于是我手拿小刀站在窗户前自拍一张照片发给Z先生：看看我们干活多辛苦！

Z先生很快回复：小心点，别划伤了。

说来邪门，刚刚看完他的回复，我马上就划伤了手。

我气呼呼地向他兴师问罪，给他发短信：你是不是巫师学校毕业的？你刚说完我就划伤手了。

Z先生回了一句让我气到吐血的话：其实我刚是让你小心点别划伤窗户。

这并没有安慰作用！我把短信转发给小葵看。

她说："我真不知道他是怎么找到老婆的。"

14 >>>

国庆假期，我去小葵家里蹭饭。

小葵和我两个人盘着腿坐在沙发上看剧，她的先生可乐一个人在厨房里忙得不亦乐乎。

一个小时就做出五道菜，有荤有素，有卖相有味道。

我拍下照片发了个朋友圈：请Z先生好好学习。

晚上和Z先生说起这件事，我有点酸溜溜地说："看看别人家老公，又会赚钱又会做家务。再看看你，唉。"

Z先生赌气："反正我在你眼里就是一无是处。"

我恍然记起，曾经的Z先生也是光芒万丈的人。

在一起越久，就越容易忽略对方身上的闪光点。

我总是喜欢埋怨他这里不够强，那里不够好，然后拿身边比他更成熟更优秀的男人来贬低他。

我记得当年准备出国，Z先生拿到有奖学金的录取通知时，和我说的第一句话是：“其实我也不是你说的那么一无是处。”

其实我真的从未觉得他一无是处。

Z先生比我口中的他要优秀得多，但我总是不自觉地用自己的标准伤害到他。

所以，我欠Z先生一句对不起。

亲爱的，我一直忘了说，对我而言，你有多完美。

15 >>>

大早上我还在床上睡得迷糊，接到二狗的现女友打来的电话。

她向我哭诉二狗玩心太重，至今不想结婚，不知道到底是不是认真的。

我有些无言以对。我记得二狗还和小丫在一起的时候，经常计划他们的以后。

两人分开四年，小丫早已有了一个好归宿。二狗也谈了好几任女朋友，但早就没了非你不可的冲动。

女孩说除了这一点，二狗是个很好的男人，绅士、体贴、温柔，对她很好。

但我记得和小丫在一起的二狗，小气、霸道、大男人主义，总是以

“欺负”小丫为乐。

这样想来有一点点为小丫不值。

毕竟是小丫让他成长为另一番大人的模样，但受益的却是别的女孩。

不过万事万物也是公平的，成熟懂事的二狗很容易对其他女孩动情，却再难动真心。

我也很心疼二狗现在的女朋友，她最热烈最真挚的第一次恋爱遇到了早就把自己的感情挥霍一空的二狗。这注定是场不公平的博弈。

恋爱的时机太重要了。

早了，你遇到的是个没有肩膀，担不起未来的男孩。晚了，你遇到的又是一个玩世不恭，少了真心的男人。

前几天，我和二狗看了一场深夜电影——《后来的我们》。

出来之后，我们坐在车上，二狗突然说要借我手机看看。

我把手机给他，发现他在看小丫的朋友圈。

我故作轻松地打趣他：“怎么？还放不下？”

他说：“没有啊。想看看她过得好不好而已。”

两人在分手的时候就互相拉黑了。爱得太深的人，分开后往往无法继续做朋友。

他把手机还给我，自说自话：“嗯。过得好就好。”

那一刻我有点想告诉小丫这一幕，她也会有些伤感吧？但我低头看到自己手机屏幕上停留的画面，是她和现在的男友相拥笑得明媚的照片。

好吧。两个人，总要有一个人过得好。

那个人是你就好。

16 >>>

为了写这本书，找素材时，我去翻了自己中学时写的日记。

我简直不敢相信，日记本上那些话会是我说出的。

我刚认识Z先生的时候，对他的迷恋和痴心已经到了现在的自己不敢回头看的地步。

记忆都是经过美化以后剩下来的东西。

我总记得我们之间发生过的事情都像偶像剧的剧情一样，或美好如童话，或跌宕起伏，惊心动魄。

但若是再回头完完整整地看一遍过往，其实都是些再普通不过的小打小闹，不时夹杂着一些伤心难过的心事。

就像王心凌的那首歌《那年夏天宁静的海》里唱的一样，“只是太年轻，快乐和伤心，都像在演戏”。

初中的日记里最让我不能忍受的一件事情是：我那个时候居然称呼Z先生为我的王子！

看完那些日记，我整个人都不好了。

在电话里一直骂Z先生："你那个时候怎么对我这么高冷？真把自己当王子了？"

Z先生在电话那头臭不要脸地说："我是王子呀，只是现在变成胖王子了。"

17 >>>

Z先生为数不多的一个爱好是看电影。

但他大概最不喜欢和我这种人一起看电影了。

因为学过编导的缘故，除了一些特别烧脑的电影和根本不知所云的文艺片外，其他的剧情片我几乎都是看了开头就可以猜到结局。

我颇引以为傲，但这种技能显然成了Z先生的困扰，因为身边坐着一个剧透王。

他特别喜欢挑战我的权威，每次电影一开头就贱兮兮地说："你猜啊！我赌你猜得到结局。"

我们一起看过的电影少说也有百来部了。

其中不乏各种大烂片，像《史前巨兽》系列电影。

当然也有不少好电影，印象中真正让我哭出来的电影，只有《泰坦尼克号》。

Z先生经常说我冷血，因为我看电影的时候泪点高到令人发指。

我记得有一回我们和姐姐一起去看《新白蛇传》，有一段剧情是白娘子要被打入雷峰塔，许仙哭着去追却没来得及阻止。

Z先生的姐姐看到这儿哭到不行，整场场内的氛围也很哀伤。

我在旁边冒出一句："许仙明明跑快一点就赶上了，还故意在雷峰塔前摔一跤。他是成心不想救他娘子吗？"

然后Z先生和姐姐就无语了。

和我恰恰相反的是，Z先生平时从来不哭，看电影却很容易落泪。

看《父亲》哭了，看《唐山大地震》哭了，看《归来》哭了。

算了，我都懒得数。

反正每次看到他眼泪掉下来，我就只有默默收回哈哈大笑的表情。

电影院里，一个妹子默默地给旁边的汉子递纸巾安慰他"这有什么好哭的"的场景十分诡异。

18 >>>

Z先生和我最近喜欢回忆往昔，像两个老年人一样。

走在澳洲的海边，Z先生突然问我："你还记得当初放学路上我们总要比赛说冷笑话吗？"

我想了想，先抛出一个经典笑话："如果有一辆马车，公主是乘客，王子是马夫。这辆车是谁的？"

"是如果的。"Z先生跟抢答一样迅速说出答案，"那我问你一个，小狗、小猫、小猪、小鸡一起上课，老师要抽它们背书。谁是第一个背的人？”

“小狗先背，因为旺旺仙贝。”

奇怪的是十年前的冷笑话我们居然记得一清二楚，仿佛是昨天才说过的一样。

Z先生哀叹一声：“好像并不好笑。真不知道你那时候笑得直不起腰来是为什么？”

“哪里是冷笑话好笑，那个时候只要和你在一起就很开心。”

“言下之意，现在不开心了？”Z先生丢下一个陷阱题。

“不是不开心，只是开心多了许多条件。”

“比如说？”

“比如说，刚刚街边有家奶茶店，我们去喝杯奶茶就多三分快乐。澳洲盛产珍珠，如果我有一条珍珠项链就有六分快乐……”

“那如果这样呢？”Z先生递过来一张银行卡。

我不动声色地接过来，笑眯眯地看着他：“这样就有十分快乐了。”

Z先生捏起我脸上的肉，骂我是小财迷。

19 >>>

我是个很相信星座的人，所以把每个星座的性格特点都摸得门儿清。

我经常和Z先生夸耀说：“我们金牛座都是很沉稳的人。”

Z先生望了我一眼，点了下头说：“嗯，又沉又稳。”

20 >>>

我和Z先生上大学以后培养出一个共同的业余爱好——搓麻将。

后来我们留学一起去了马萨诸塞州，简称麻省，还被好友们戏称为“麻省夫妇”，来自一个爱搓麻将的省。

有一回，Z先生在网上看到一个很温情的段子——

当我老了，我的儿女问起我的初恋情人是谁的时候，我不希望我要去翻旧相册。我希望我能抬起手，指着屋子另一头说：“他就坐在那里啊。”

Z先生深受感动，含情脉脉地问我：“八十岁的时候，你觉得我会在哪儿？”

我毫不犹豫地回答：“不在隔壁Y奶奶家搓麻将，就在对面D爷爷家搓麻将吧。”

21 >>>

我的手机里存了上万张照片，每次翻看时都可以说出一大堆故事。

这是我们在方特公园的照片，这是我们在凤凰河边的照片。

这是我们在厦门鼓浪屿的照片，这是我们在夜市的照片。

这是我们在波多黎各荧光湖的照片，这是我们在东南亚柬埔寨的照片。

不知不觉，我们一起去过了很多很多地方，而且常常只有我们两个人。这些年来，分不清是他陪着我，还是我陪着他。

从情窦初开的十几岁到成年后的二十几岁。

所有看起来是一个人的照片，我们都知道，谁是那个拍照片的人。

22 >>>

冬天来了，天气陡然变冷。

我一觉醒来感觉全身冰凉，才发现自己竟然一直忘了把席子撤掉。

于是打电话提醒Z先生要记得换被褥。

Z先生睡得迷迷糊糊地跟我说："没关系。我把自己卷成毛毛虫，出不来了……"

Z先生畏寒得要命，但是很多年后我们睡在同一张床上，他却变成了我的取暖炉。

南方的大冬天没有暖气，起床上洗手间需要鼓足勇气。

我每次都是风也似的冲出去，风也似的冲回来，然后把两只冻僵的脚放到他小腿之间取暖。

他睡得迷迷糊糊，但每次都会抓住我的手脚放到他的肚皮上。

那大概是一个让人想嫁的瞬间。

23 >>>

我第一部小说改编的电视剧是与一个我非常喜欢的男演员合作。

我也不懂什么叫矜持，也不管别人会不会觉得我不庄重。每天在微博上像土拨鼠一样地尖叫，哪怕只看到他的一点信息我都“啊啊啊”个没完。

我每天要发十条微博，在网上真情实感地追星。

最开心的是男演员还在微博上回复了我。

我超级嘚瑟地转发给Z先生看：“你看，你看，他回复我了！”

Z先生反应冷淡：“哦。”

“这次回国探班，我想给他买个礼物，你说买什么好？”

“哼，你给别的男人买礼物，还敢问我。”Z先生冷漠地挂断电话。

周末，他还是乖乖地开车带我去MALL里买礼物。

我在NBA的官方店里看中了一顶帽子，可以定制自己的名字。我给自己和喜欢的男演员都定制了一顶，良心不安想给Z先生也买一顶。

他试过以后觉得不喜欢，就作罢了。

从此以后，Z先生在网上看到这位男演员的名字一次就要念叨我一次：“给别的男人买帽子，不给我买。”

24 >>>

平时再温柔体贴的男人，在三件事情上面对自己的爱人都是没有一点风度的。

第一件是打牌。

我们的同学从不忌讳我和Z先生在同一桌打麻将。因为我们只要同桌，必会吵架。

Z先生时常胡我点的炮，即使我上家放了他的炮，他也不胡，等着我打一样的牌出来再胡，就因为我是庄家。而且好像他看到我被打压得气势很低，憋着一股气的样子就特别开心。

和我们同桌的朋友们都紧绷着一根弦，生怕我随时把麻将扔在Z先生的脸上。

每次结束后，我输了钱，他还要嘲笑我："你个小垃圾。"

第二件是开车。

Z先生比我早一年考驾照，加上我出国后没有再开车，所以基本上忘得一干二净了。

他就总自诩是我师父，平时没事就提醒我要抓紧时间练开车。

"又没人教我。"

"我教你啊。"

"你会骂我。"

"保证不会。"

Z先生把车开到郊区，地广人稀的荒地任我奔腾。

整个荒地都能听到他的吼声。

"欸！前面是路障！"

"你这是逆行！要是这时候有车从对面开过来，我们就变成墙上的照片了！”

“求求你别压线开。”

我把车停在一边，方向盘一丢：“说好的不骂人呢！”

这才发现Z先生死死地拽着副驾驶位的扶手，显然对我的开车技术极其不信任：“骂你的不是我，是我的求生欲。”

“……”

最后一件是玩游戏。

我对那种竞技类游戏其实一点兴趣都没有，平时玩得最多的大概是《奇迹暖暖》之类的换装游戏。

但Z先生喜欢，他不仅自己喜欢，还要拉着我陪他玩。

“吃鸡”游戏刚火起来的时候，他就强迫我下载。

“我又不会玩。”我抱怨游戏占我手机的储存量。

“我教你。”

“我怎么觉得这话这么耳熟呢？练车的时候你也这么说。”

“这次绝对不骂你。”

好吧，我就乖乖陪他玩了几把。无非就是看到人就开枪，这有什么难的？

我玩“吃鸡”的时候，喜欢冲在最前面。只要听到哪儿有枪声或者脚步声，我就往哪儿跑。

往往跑到半路就被人打死了。

Z先生就骂我：“不会找个地方躲起来吗？你又打不赢别人。”

后来我就学乖了，听到脚步声就乖乖不动，缩在墙角等别人过来。但是往往别人一冲过来，还是几枪就把我扫射死。

Z先生又说：“你怎么这么弱啊，看到人就躲。出去打啊！”

我把手机往床上一扔：“你自己听听你说的什么话？叫我躲的是你，叫我冲的也是你。”

“随机应变嘛。算了，你这种‘开挂’的人是不懂游戏策略的。”

“‘开挂’？我开什么挂了？”

“落地成盒挂。”

25 >>>

婚礼的摄像师要带我们回八中拍摄短片。

他问我们有没有当年的照片可以拿出来看看，他们拍个对比图。

我翻箱倒柜找出我们初中拍的那套照片。

我穿着略显土气的红格子短裙，Z先生穿着一件蓝色的套头毛衣，两个人都是一副“非主流”的样子。一堆照片中，没有一张照片我们是抬起头的。

婚礼摄像师取笑我们不会拍照，没有镜头感。

“是这样的啦。那时候才读初中呢，有一台相机就不错了。”

我翻照片的时候，无意中还翻出一本日记本。

日记本里夹着一张糖纸。糖纸很完整，大红色的，有两个穿着喜服的卡通小人。

我不知道我为什么要留一张没用的糖纸。

仔细一看，上面写着：××喜糖巧克力。

我这才想起来，这是读书的时候Z先生偷偷从别人婚礼上带回来给我吃的巧克力。

我一定拿着这颗糖幻想过，我们将来的喜糖会不会是这个样子？

26 >>>

我算了下日子，我的婚礼刚好赶上来例假的日子。

想到来例假穿礼服之类的十分麻烦，我忍不住跟小葵抱怨。

小葵十分着急地问我：“那怎么办？”

“还能怎么办？穿衣服的时候小心一点，不舒服也只能忍一下。”

“我是说你们不能圆房了怎么办？！”

“……”

您真是亲闺密。

27 >>>

如果一切按我想象中的一样，我的婚礼应该在八中的操场上举行。

很可惜因为现实的种种因素，无法实现。

于是，我和来参加婚礼的同学们说：“让我们一起穿上校服来纪念这一场青春吧！”

结果他们纷纷表示，校服在毕业后早就丢了。

“谁毕业了还会留着校服啊？”

“我啊！两件都留着呢。”

“你留着干吗？”

留着干吗呢？还真不好说有什么实际用途。但对我来说，是一份宝贵的回忆和纪念，我一直舍不得扔。毕业的时候我的校服上签满了全班同学的名字。

我还记得我的袖口上画了一个棒棒糖，旁边是铅笔写的一个小小的字母K。

那是每次课堂上开小差都会看着傻笑的名字。

28 >>>

婚礼在即，我每天都在为了减肥而挣扎。

为了穿进漂亮的婚纱而不显胖，我去报了一个舍宾班。

绝望的是每天高强度运动跳两个小时的操，过了五天才减了一斤半，几乎是喝杯水就可以涨回来的重量。

然后我出去吃了一顿饭，胖了两斤半。

我在视频里跟Z先生哭诉，他严厉地批评了我没有自制力的行为，自己想减肥又没有决心去做。

于是我第二天痛定思痛，绝食了一天。

第三天晚上下课，我终于又瘦回来了，但已经饿得头昏眼花。

回家路过一家奶茶店，喉咙冒烟的我舔了舔嘴唇，此刻超级想喝一杯奶茶，然而想想卡路里，又望而却步。

纠结之间，我打电话给Z先生，希望他把我骂一顿让我死了这条心。

结果，他听我说完却说："你去喝吧。"

"欸？可是卡路里很高。"

"就当奖励你今晚运动又瘦了。"

"你不是在说反话吧？"

"看你这么想喝，喝一杯也没什么大不了的。"

"先生说得对！"此刻Z先生在我心里就是一个天使。

带着天使的祝福，我理直气壮地进了奶茶店，买了一杯波霸乌龙茶，之后又去买了一份鸡排，一份咖喱鱼丸和一份周黑鸭的鸭架。

Z先生在大洋彼岸表示很无语："我只让你喝一杯奶茶，没让你吃这么多。"

"一下没忍住……"

"算了算了，你别减了，该吃就吃吧。"他已然放弃劝说。

Z先生，一个每天三百六十度无死角地嘲笑我长胖了，又在我减肥的时候劝我吃的大猪蹄子。

29 >>>

结婚那天，其实没有想象中那么梦幻。

可以用兵荒马乱四个字来形容。

早上五点半，化妆师就到我家来了，然后伴娘们、摄像师、摄影师都陆续赶来了。我穿着浴袍跑上跑下，接待他们。

我妈为了找鞋套，忙中出乱，一头撞在柜子上，头上还肿起了一个小包。

发小提了十七碗卤粉上楼来给大家当早餐，结果漏了一个摄像师没算进去。

我小姨抓住我把我赶回卧室化妆："你别忙了，交给我们。新娘子少操点心。"

我妆还没有全部化完，新郎和伴郎们已经到了楼下。

伴娘们尖叫："快关门！！"

伴郎们在红包的帮助下强势发起进攻。

大家吵啊闹啊笑啊叫啊，小孩子跑来跑去。

摄影师和摄像师都抓紧每一秒钟朝我喊："看这边。"

我穿着婚纱盘腿坐在床上，有一种灵魂出窍看着大家各自欢喜的感觉。

直到Z先生的声音从窗口传来："老婆，我来接你啦！"我的灵魂才归位。

我冲他傻笑，摊手道：“没办法，帮不了你。”

他抱我下楼去新家，一路上都在问我：“你减肥到底减在哪了？”

如果不是伴郎在旁边撑着，我大概要掉在地上了。

到了酒店，我换好主婚纱站在门后准备入场。

我的伴郎伴娘们在台上表演我写的舞台剧，将我们相识以来的约会小情景都重现出来。我趴在门缝上偷看。

我爸拽我，让我站好准备入场。

我还嬉皮笑脸地问他：“你舍得不？”

我爸嗔怪道：“舍不得你就不嫁了吗？”

我挽着他的胳膊，把头靠在他肩膀上：“哎呀。你只是多了一个儿子，不是少了一个女儿。”

话虽是这么说，但我爸哽咽着向观众致辞时，我还是哭得脸都抽搐了，差点要说不嫁了不嫁了。

Z先生没给我反悔的机会，拿着纸巾跑过来替我擦眼泪，然后牵着我的手走上主舞台。

主舞台上有一只罩在玻璃罩里的两米高的大熊玩偶。

这个舞台的设计创意源自于在我十四岁、十六岁、二十岁生日时，Z先生都送了我大熊玩偶。

而这只大熊玩偶，将是他送我的最重要的一只，在二十五岁这一年。

我上台前偷偷看了一眼台下的上宾桌，我妈已经哭到喘不过气来。最神奇的是我那才三岁什么都不懂的小侄女，她仿佛也明白发生了什么，鼻涕眼泪流一脸，朝我伸手叫小姨。

其实我很讨厌这样大摆宴席走形式的婚礼，除了家人以外，其他人都只是过来吃顿饭，送个红包，根本不关心我们这一路走来的故事。

现场喧闹到以至于我念誓词的时候，不得不假笑着维持现场纪律："请各位安静一分钟，让我老公可以听清楚我的誓词好吗？"

我的发小朝我竖了个大拇指，夸我强。其实我当时想说：都给我放下筷子闭嘴。

然而，我也不过是个虚伪的俗人而已。

婚礼最让我感动的部分是当《青春纪念册》这首歌响起的时候，我那五桌同学全部穿着八中校服齐齐朝我们奔上来一起合照。

当时心里想的是，为了他们，值了！

重回我们的青春，这十二年，至少有你们见证。

接到手捧花的同学在台上说："我们追了十二年的偶像剧终于大结局啦！"

其实，我们只是完结了第一部。

下一部，敬请期待。

Part 5 彩蛋：结婚誓词

请 保 护

—— 好

我 的 ——

少 女 心

橘子的誓词 >>>

我们人生中有太多应该去做的事情——小时候应该好好读书，长大后应该努力工作，择偶时应该选择门当户对的伴侣，就连去个菜市场，你都得考虑这颗青菜是不是营养有机又物美价廉。

我时常在想，在许许多多“应该要做”的事中，有没有我“必须要做”和“非做不可”的事情？

于我而言，嫁给你就是那件无关任何客观条件“必须要做”的事。

我十三岁认识了你，从那时候起我就在幻想今天。老实说，此时此刻与我幻想的场景有很大的出入，主要是你和我都胖了许多。

其实这些年我们都变了很多，忙着长大，忙着独立。

我初中的时候，剪着短发，很叛逆，特立独行，总想把自己活成不一样的烟火。

后来我认识了你。

是你让我想把自己变得更好，于是我变得温柔，变得宽容，学着和这个世界和解。

后来认识我的朋友，都说我很乖巧，性格很好。

只有你见过我最初的模样，了解我所有的脾气秉性。

你认识我的时候，我根本就不是现在这个样子。

那时候的我，还是个不合格的半成品。

然后你参与了我的成长。

看着我从不懂事到懂事，从不温柔到温柔。

所以，你能理解我各种奇怪的比喻和笑点，能明白我的坚持、放弃和梦想。

当然，我也了解你所有的优点、缺点、习惯、喜好。

朋友们都说，我是话痨女，你是无口男。

那是他们不知道，私底下你常常可以一句话把我噎死。

但我也有些小庆幸，我所了解的你的样子，是大家都不曾见过的样子呢。

我们总有些模样是其他任何人都未曾见过的，很庆幸我能认识那些不同的你。

我爸妈总是质疑我走入婚姻殿堂之前，是否已经完全了解你。

其实我了解的比他们想象的都要多得多。

你性子温厚，待人谦和，但骨子里其实有些大男人主义。

最大的缺点是不善沟通和交际，有点怕生。

喜欢吃花菜、烤翅、脉动饮料和蘸番茄酱的薯条。不喜欢吃水果，最讨厌蓝莓，喜欢各种垃圾食品。

冬天牵手时喜欢用五指包着我的手，热天流起汗来超离谱。

生气的时候会不说话。

心不在焉的时候喜欢说：“真的吗？”

我有什么开心的不开心的事情都会告诉你，不敢同父母说的话也全都跟你说。每个夜晚窝在沙发上要把这一天生活中发生的琐事一件不落地向你娓娓道来。

我们每天固定打两个以上的电话，每个电话不低于半个小时。

认识的十二年里，我们从未缺席过彼此任何一段生活经历。

你是我的爱人，是我最好的朋友，是我人生的导师，也是我唯一的倾听者，是我生命中最重要的一个人。

嫁给一个人可以有很多理由，但让我下定决心嫁给你的原因只有一个——只要和你在一起，我总是在笑的。

那种一见到你，嘴角就不自觉上扬的愉悦感是千金难求的。

在漫长的时间的冲刷中，我时常会忘记当初为什么喜欢上你，但那么喜欢一个人的感觉却永远不会淡忘。

那个我，在校园看到你仅一眼都是开心的，打篮球的时候给你送一瓶水是开心的，去食堂排队打饭站在你后面是开心的。因为你的存在，每一天都有不同的期盼，连最枯燥无味的中学生涯都变得色彩缤纷。

爱上一个人让我的世界变得如此美好，所以我要谢谢那个尽全力去爱的自己。

也谢谢你见过我最狼狈、幼稚、黑暗的一面后，依然义无反顾地选择了我，拥抱了我。

未来，我们还将携手走过漫长的一生。

在那个叫现实的丛林里，随时有狮子，有老虎，有各种豺狼虎豹拦住我们的去路。但只要我们并肩作战，手中就永远有利剑，只要和你在一起，我就什么都不怕。

我十六岁生日的时候，在寝室楼下问你："你现在到底算是我什么人？"

你说："我是你可以托付终身的人。"

今天我就正式把我的余生托付给你了。

希望我们的爱情是——

豆蔻年华，一见倾心，不掺杂任何杂质。

花信之年，许下承诺，携手度过一生。

五十年后，见你白发苍苍，依然觉得可爱。

Z先生的誓词 >>>

我爱你，请允许我用爱情中最简洁但也是分量最重的三个字开启这段独白。

我为什么爱你呢？因为你超可爱，生气的你，傻笑的你，吃着东西的你，认真打游戏的你，写文时的你，为他人的遭遇愤愤不平的你，和家人朋友们在一起时的你，无论何时都那么可爱。

但不仅仅只是这样，更是因为和你在一起的这些年，你改变了我很多缺点，让我变成了一个更好的人。

今天正好是西方的感恩节，此刻我只想感恩上帝将你带来我的身边，更感恩你成为我的太太，选择与我相伴，信任我，愿意陪我一起度过余生的潮起潮落。我会学习如何成为一个好丈夫，努力成为一个可以带给你幸福的人。

我们的生命中还有很多空白，我们可以一起去冒险，一起去尝试更多生活中最开心和最美妙的东西，只要你陪着我，生命中都是最美好的时刻，我愿意用我的一生守护你。

最后，如果有一天我老得什么都记不住了，我希望爱你是我最后会忘记的事。我爱你。